馮珍今、鮑國鴻　編

指空敲石看飛雲

小思散文集

匯智出版

責任編輯：羅國洪
封面設計：洪清淇
打　字：葉秋弦

書　名：指空敲石看飛雲——小思散文集
作　者：小思
編　者：馮珍今、鮑國鴻
出　版：匯智出版有限公司
香港九龍尖沙咀赫德道二A
首邦行八樓八〇三室
電話：二三九〇〇六〇五
傳真：二一四二三一六一
網址：http://www.ip.com.hk
發　行：聯合新零售（香港）有限公司
香港新界荃灣德士古道二二〇至
二四八號荃灣工業中心十六樓
電話：二一五〇二一〇〇
傳真：二四〇七三〇六二
印　刷：陽光（彩美）印刷有限公司
版　次：二〇二四年七月第七版
國際書號：978-988-78988-8-7

我這樣解讀書名，可以嗎？

小思

馮珍今、鮑國鴻兩位老師選取我的散文，分五個主題編成一本給中學同學閱讀的文集，還請五位年輕中文老師為各主題寫一篇讀後感。諸位老師很用心及認真，全為了方便讀此書的年輕人理解，或該說容易些進入我世界，明白一個曾經年輕過的老人心事。

我說他們用心，除了選採人情味含意較濃的作品外，更為了透射此書的文學意態，都選了我用作文題的詩句，設定為每一輯的標題。但我卻沒想到他們會敲定了「指空敲石看飛雲」作書名。

用這句詩作題目的那文章末段，已經把句意解說得清楚，最後說「扶杖，有瀟灑感覺」，只是我個人無限聯想而已，也許別的讀者並沒有這感覺。那怎麼讓他們接受這書名呢？

手杖，今天也不一定只有老人用了，行山的人不論男女老幼都多用上。據行山專家說：「行山杖源自滑雪杖，幫助你滑雪時保持平衡。滑雪杖跟行山杖基本上是同一樣東西。」「幫助保持平衡」，拿着它，就行得穩當些。不過，也不必把它看得過於「嚴肅」，相信行山人都有過這樣的經驗：站定了，很自然就用行山杖向四周指指點點，遇到石塊崖邊，不自覺會用行山杖敲敲打打。或倚着它抬頭看飛雲飛鳥。四時風景，山水清音，或近或遠，悠然隨意入目入耳。至於受者注入心性多少，怡情與否，那就隨緣了。

老師給了你行山杖，你可指空，你可敲石，你可看飛雲。得着多少，那還是要靠你自己。

二〇一九年三月八日

悅讀・小思

馮珍今

與小思老師結緣，始於她的文字。念中學時，遇上《中國學生周報》，沒早一步，也沒遲一步，讀到她寫的《路上談》、《豐子愷漫畫選繹》……為我的人生開拓出另一片風景。及長，從她的作品中，也記取、領悟出更多世道人情。

鮑國鴻老師一直任教於中學，推動閱讀，不遺餘力；而我則從事課程發展工作，致力推動文學教育。我們覺得閱讀能力的培養，與文學素養的提升，不能局限於校園和教科書。

我們早就開始構思，為中學生編選一系列既好看而有意義的散文選集。理想而美好的讀本，除了修辭章法的鍛煉，更重要的是滌蕩心靈，可讓讀者從中得到感情的認同，還可以發掘思考的樂趣、加深自我的了解，甚至做一個更好的人。

三年前，我們決定從小思老師的作品入手。

郁達夫在《中國新文學大系·散文二集》導言中提到現代散文的第三個特徵，是「人性，社會性，與大自然的調和」，而「作者處處不忘自我，也處處不忘自然與社會」，這正是小思散文的特點。

柯靈先生在《彤雲箋》序中謂：「小思給我的第一印象是雋爽，人如其文，文如其人。」林融先生亦以「清爽親切」，道出其散文特色。至於黃繼持老師，早就拈出東坡居士評陶詩「質而實綺，癯而實腴」一語，概述其文風貌。

好的作品，除了文字好、見解新、境界深之外，就是性情真。小思老師的作品，親切而有感染力，她從生活出發，直抒胸臆，自然而然，流露出來的，就是她的真性情。

小思老師說過，在報章寫專欄，一周只有一或兩篇，五百字至一千字一篇，「我很珍惜這發表的機會。我有話要說，盼望以文字來道出心中所想，有人共鳴、有迴響的事。」

在二〇〇五至二〇一四年期間，她曾於《明報》專欄「一瞥心思」發表了九百多篇文章，取材甚為廣泛，「我要從中選出最想讀者知道、讀者能通過事件多作思考的來寫。我希望告訴別人，我在思考甚麼，更重要的是，通過我的筆下，別人會怎樣聯想。」

我們將她在這個專欄所寫的文章逐篇細看，經初選、再選、三選……反覆討論，歷時兩年多，最後，精選了六十篇散文。選文大致就內容劃分為五類，包括「人物」、「事理」、「萬物」、「生活態度」、「文化」五個主題。

小思老師精於書寫人物，除了良師的指引教誨、照亮人間的名人事迹，其筆下平凡的小人物更是活靈活現，如〈冒汗青龍〉的紋身大漢，如聞其聲、如見其人，令人眼前一亮；〈風雪同路人〉刻劃團友在危險關頭守望相助，亦教人動容。

小思老師亦善於借事說理，以〈剩有圖書架未虛〉描出書癡形象，〈廚者修養〉說出「心意，是烹飪最重要材料」；無論是「扶杖看雲」的瀟灑，「痛癢相關」的感悟，還是論及生死的通透……無不情理交融，引發思考。

萬物有情，小思老師引領讀者，走近中大的「合一亭」、「未圓湖」，涉足江南的水鄉；近賞木棉樹、鳳凰木，遠觀嶺上梅；述及「啁啾雨燕」的故事、狗兒「漱玉」的笑容……令人心往神馳，帶來的聯想更多姿。

面對生活，在〈靜觀與自得〉中，小思老師強調「靜觀，要用心要用情，不旁騖，細看了，總有得」，還須靜心、留白、慢活……，引導我們反思；復以〈睜開眼睛，看世界！〉，道出「打開書本，接觸的是真實生命的思維紀錄」，以〈觀察無力〉指出「歷來講寫作課的人，首要教觀察。這能力，強弱因人而異，但仍可培養而得。」讀來如醍醐灌頂，啟悟良多。

圍繞文化，小思老師談過年、說中秋，以〈故年隨夜盡〉點出「守歲不是迷信」，〈迎癸巳靈蛇〉，藉蛇之特質，帶出生存之道「在於柔與潛」；從懷舊「豬仔籃」，寫到張若虛的〈春江花月夜〉、弘一法師的「華枝春滿，天心月圓」，筆端凝聚感慨；似淡還濃的「鄉情」，無可取代的民間藝技「竹棚」，化為文字，展現眼前。讀者細味箇中深意，自然心領神會。

這本選集，主要面向學生，選文的準則，亦扣緊學生的需要，配合其興趣及水平。我們邀請了五位年輕老師，分別就五個類別的文章，從內容、技巧等方面撰寫讀後感，供讀者參考。

跟考試不一樣，閱讀文學作品，不需要標準答案，讀者可以各取所需，以個人的閱讀方式，去汲取箇中養分，可以自得其樂，也可以藉此提升個人在閱讀和寫作方面的能力。

感謝小思老師的信任，讓我們編選她的作品。

感謝林惠娟、陳志堅、鍾靜怡、李紹基及游欣妮五位老師的義助。

感謝所有為這本文集費心盡力的朋友。

二〇一九年三月

目錄

指空敲石看飛雲——事理

懷人憶舊·處處有情

幾回花下坐吹簫，銀漢紅牆入望遙。似此星辰非昨夜，為誰風露立中宵？
纏綿思盡抽殘繭，宛轉心傷剝後蕉。三五年時三五月，可憐杯酒不曾消。

——黃仲則〈綺懷〉

為誰風露立中宵——人物

冒汗青龍

電梯門一開，衝進高大健碩、赤裸上身的大漢。我冷不提防，吃了一驚。也許我神情異樣，漢子對我朗聲說：「對唔住，嚇親你。」

我抬頭，尷尬說沒關係。我站在他身旁，高度還不到他肩膊，未見清楚他的臉，只見他左臂上紋刻着一條巨大青龍，汗水滴溜溜在龍身冒出來。

剛在家聽天氣報告，攝氏三十三度，電梯裏已鬱悶得很。看着他冒汗，我竟忍不住說：「天氣真熱，你辛苦了。」他又朗聲回答：「習慣了，不辛苦。」其實，我也弄不清楚自己為甚麼會對他說話。電梯門打開，他側身讓我先出。從電梯到正門有一小段路，他竟繼續對我說：「自己用勞力賺錢生活，不要嫌辛苦，出汗唔算得乜嘢。」一邊走，他揚起左手抹臉上的汗。

他很高，我依舊只看到臂上的青龍。他要到正門外的行人道上搬建築材料。他先快走一步，把門拉開，做了個請我先行的手勢。我仰頭說謝謝，仍見左臂青龍在冒汗。

紋身大漢，這樣子有禮，這樣子說話，是不是形神不相配？多少斯文白領在我推門他便搶先進出，或我跟進門他不順手帶門？最近也往往見到男女知識分子青筋暴現，擘指而罵，又另一種形神不相配。

晚上忽然想起，我完全忘記看他的面容。可是他朗聲說的幾句話，我記得緊。現在眼前，仍忘不了那條冒汗青龍。第二天，我以為還會遇到他，也許該一觀他的面相。可是，沒有遇上。

我又想起哈哈笑為我搬過三次書的孫師傅，冒着汗也說過不怕辛苦只求把工作做妥。

二〇一二年九月九日

病中

逃不過三月春流感，高燒情急，去住處附近醫療中心求診。進去診症室不到三四分鐘就出來。

青年女西醫，一直兩眼低垂，只管在卡片上寫字，沒望過我一眼。我說喉嚨疼，她就拿起木條、手電筒，看看喉頭。「係發炎。」我說有點咳，她就拿起聽筒，聽聽背脊。「冇嘢。」全程，她像個欠交功課的女學生，冷冷等待我處置的樣子。

我不怕醫生惡，我怕醫生沒個性，更怕這種虛應了事的態度。看她出道入行不足十年，何故如斯冷漠？醫學院教學中，她有沒有學懂一些施藥以外的道理？滿心不是味道，走出裝修千篇一律的醫療中心，拿着幾包藥，頭重腳輕回家。

藥還是要吃的。吃了藥，高燒退了，整個人像凝定在病中，沒好過。嘴裏似蒙了個麻包袋，吃喝總無知無味。對着食物，只想嘔吐。我明白，應該去看中醫。

老中醫把脈時，雙目閉上，也不看我，但他在感覺我。他問一兩句話，都切中要害。「先服兩劑，可吃點粥。」也不多言。

就是這兩劑藥，我才知道自己體內藏着那麼多的骯髒廢物，一瀉如通污渠，全出來了。歷來乾咳，喉嚨咳疼，也不見痰。今回服了藥，痰如潮湧，原來肺中囤積如許病勢。幾天來，躺卧在牀，我等候病消。

二〇〇七年三月十七日

人的因素（上）

到某地旅遊，能得良好印象，許多人都認為風景、名勝、天氣等等最關鍵，我倒一直相信人的邂逅最重要，也講緣分。

良渚博物館，我們遇上「志願服務微笑崗」的黃亞萍醫生。進了大廳，看見詢問處坐着穿紅背心的女士正在看書，我對公務人員服務一向沒有甚盼望，只隨便問問：「有導賞麼？」女士放下書，展着燦爛笑容，「我來帶你們看看。」就這樣熱誠領我們一行四人觀賞了兩個多鐘頭。由於我們看得細，問得多，不覺時間過得快。過了十二點鐘，一個小女孩怯生生的走近黃醫生身邊說：「媽媽我餓了。」我們才知道志願員十一點半就下班，黃醫生很不好意思地把她打發說：「你去拿我的錢包取錢，到小食部買點心吃。」這倒令我們十分尷尬，趕快說讓我們自己觀賞好了。可是黃醫生仍堅持要把餘下展廳介紹完。原來女孩子剛放假，當義工的黃醫生就把她帶到博物館好照顧。

黃醫生的導賞充分表現了對良渚文化的熱愛，而非照本宣科。由於她那麼情深的講述一位年輕的地質礦產專家，我才回來努力找施昕更的資料來讀。我在她的講解中，一再不太禮貌的指着展品問：「是複製品嗎？」讓她不止一次強調館展品只有一片木和一塊紡織布是複製，其餘都是真品。對我的不禮貌發問，卻仍以笑容回應。

良渚這個遙遠而陌生的新石器時代文化，我們就因遇上了一個人，她的熱誠和認真的推介，變得如此「接近」，我更難忘她的和煦語調與燦爛笑容。

二〇一四年六月二十一日

人的因素（下）

只因要去觀看「蘭馨輝耀一甲子——崑大班從藝六十周年」的上海崑劇團專場演出，買了五月十八號到二十號的票，到上海天蟾京劇中心逸夫舞台看戲。事前毫無心理準備，竟遇上習近平當主席的「亞洲相互協作與信任措施會議第四次峰會」召開，防恐保安當然周詳嚴密。我入住的酒店住了個甚麼國的總統，弄得出入安檢森嚴，弄得我精神緊張。

最為難是遇到封路。外來客沒有任何消息資料，到某路口，說封就封了，車子全堵塞滿街。只好耐心等待。

二十號晚，我們準時到福州路的天蟾逸夫舞台，安心把好戲看完。誰料更「好戲」在散場後。

出到戲院外，打橫打豎都塞着各種車子，原來封路。我們在陌生街道上，兵荒馬亂，不知如何是好。熱心路人各出主意：去乘地鐵吧。不不不，地鐵也封了。走路回靜安寺也太遠。……正在惶恐之際，突然解封了，可是車還因沒人指揮，仍堵塞住，想一時無法坐上的士的了。我見一群執勤警察散隊，只好走上前截住走在最後的一個青年女警——有疑難問警察，是香港教育。女警停下來，很友善地弄清楚我的困難，就先打電話去問地鐵解封否，解封了。我們因不知道地鐵站在哪裏，她竟二話不說領我們走一段路到最近的站去。沿途，我謝她幫忙，說我們是香港來的。她竟說：「哦！我曾到過香港旅遊，得過香港警察的幫助，我很難忘。」

沒想到她這樣說，我實在詫異。她的行為好像理所當然是個警察要做的，不做作，不誇張。

她編號：〇〇一三二。

二〇一四年六月二十一日

風雪同路人

十月初，長白山下了今年第一場雪，把頂部九曲十三彎的山路封結成雪冰。我們去的日子，巧遇晴空萬里，抬頭見鋼藍天穹，可以上山，可見天池，這不是朝山者人人可有的福分。

一般人只上北坡，我們卻走遍西坡、南坡。據説南坡最易走，吉普車上山，人走五六分鐘可抵瞭望台。可是，長白山天氣變幻無常，快到山頂，卻遇冰封，司機不肯再上，要我們走上去。也罷，難得來到，看天朗如此，怎可放過機會？十四人連同領隊，邁開大步就走。

城市人，對大自然的威力，完全沒估計、不認識，這回深受教訓了。朝彎曲山路走不到幾分鐘，即見冰雪封路。我們一身裝備還可禦寒，但鞋子卻無法安穩在冰上行走。吃力地小心地，還可以應付得來。誰料，一轉個彎，或一兩秒鐘，就會颳起狂風冰沙，多少級風力？我不懂。下坡時，五六個人臂彎互相用力勾搭着，一陣狂風，全部都給吹翻倒地，我就是其中一個。趴在雪地上，我仍給風吹得移動。隔幾步就是崖邊，沒遮沒攔，要跌下山去，沒得救！風雪迷眼，不知道誰的一隻強有力的手，把我抓住，拉拉扯扯把我扯到一道矮石牆下的壕坑中。靠着石牆，我驚魂未定，仍拚命大叫其他幾人趕快爬過來。羅太太爬不了，她似乎受傷了，坐在雪地上，只見羅先生爬到她身邊，用身體護住她，等待風過，再有些團友過來，才互相攙扶，重新冒着風雪上路。

我們的互相連臂、羅先生夫妻相扶坐在地上身影，都給我留下了深刻印象。

二〇〇八年十一月　日

延伸閱讀：小思〈終於到了長白山〉，見《翠拂行人首——小思集》，中華書局，頁二二〇—二二一；又見《我思故鄉在》，啟思出版社，頁九五—九六。

氣味通感

五官感應中，最難以文字描述的，恐怕是氣味。氣味十分神妙，抽象游移，無影無迹，卻瀰漫周遭，觸及嗅覺神經，即可聯繫與該氣味有關的事件回憶，幾十年也清晰不忘。朋友都知道我不吃一家外國連鎖店的炸雞，但他們大概不知道我連它的氣味都怕。這要從一九七三年聖誕節前夕說起。

那一年，我在京都，正巧那家連鎖店登陸日本，大街上雞香撲鼻。窮學生如我買不起，光站在店外看看熱鬧，聞聞刺激香味。聖誕節前，宿舍裏的日本舍友都回家去了，剩下我和由台北來念藝術的林月先。她半工讀，晚上還上班。那夜，她打電話回來說老闆讓她提早下班，還送了一大盒炸雞給她，她叫我不要煮飯，要請我嘗新。不久，她回來了，卻滿身傷痕。原來她騎單車回程中，雪滿地滑，拐彎時跌了一大交。

她雙掌雙膝都傷了，還顧不得就急忙打開特製紅白紙盒，拿出雞塊遞過來，「盧樣，趕快吃，冷了不好。」一陣炸雞香味，朝向鼻子衝來，我拿着雞塊，看着她帶血污的手掌，我竟然無法吞下那口雞塊。

每次嗅到那種香味，腦海立即呈現那夜情景，十分淒涼，我怕得很。林月先，現在已是台北著名兒童美術教育家，偶然來信，還不忘教我保健方法。一年窮日子，成就我們為患難之交。

二〇〇七年一月二十七日

延伸閱讀：小思〈月先來訪〉，見《緯夫的腳步》，中華書局，頁二六八——二六九。

為誰風露立中宵

電視上看見美國加州薩利納斯市一座房子頂天花板緩緩打開，戴着毛冷帽子、穿了厚重衣服的廖慶齊老師在天文望遠鏡前，動作幾乎跟幾十年前在新界村屋後院、水庫堤上教我們觀星時一模一樣。

八十歲、白髮稀疏的廖老師，年輕時曾以無限執着而熱誠的態度，感動我這對天空星辰一無所知的校外課程學生，每周上課，用功研讀他介紹的天文書刊，冒着寒冷，捱更抵夜隨他觀星去。

他說今天對太空的熱情不亞於初中生，唉！老師真不知道如今的初中生根本無法觀天，更無觀天熱情。想當年，我去學習，最初也非懷着了解星空的念頭，而是為了文學。唸唐詩宋詞，發現文人筆下，天空另一種迷人境界。初讀杜甫〈旅夜書懷〉：「星垂平野闊，月湧大江流」，香港城市人就聯想不到星如何可垂，月怎樣湧。讀楊凝〈夜泊渭津〉：「遠處星垂岸，中流月滿船」，感覺美得很，但總以為虛擬之景罷了。還有「人生不相見，動如參與商」的蒼涼哲理，「氣沖斗牛」的描繪表示甚麼，通通有隔極之感。在沒有光害的地方，仰望夜空，才恍然大悟。通過天文望遠鏡首次觀察月球表面，或忽然流星一閃，或認出最容易認的獵戶座，都心靈觸動。

廖老師為香港創設第一座太空館，遇上的困難，恐怕非一般人能想像。萬般困苦，沒文字記載，他也埋藏心底沒說。如果不是他愛得深切，願意抵受一切壓力，香港太空館不易設備周全。坐在太空館天象廳，我首次體認人的渺小，在浩瀚太空，我們還有何傲氣？只爭朝夕，未免可笑。

廖老師，謝謝您當年啟悟。遙祝珍攝。

二〇一一年六月五日

情繫穹蒼

四月二十四日廖慶齊老師在美國逝世。前一周他在家的後園剛觀察了血月亮——一次月全食，呈現血紅色的月亮。不久，便冉冉飛升天國去。

廖老師對香港天文觀測及研究的推動，貢獻早入史冊。我不懂天文，卻為中國古典詩詞多涉星月，七十年代就去修廖老師開的「天文觀測方法入門」。一門完全陌生的學科，在文質彬彬的文科老師引領下，讓我情理兼修地抬頭觀星月。

老師先講鄭樵《通志・天文略》：「時素秋無月，清天如水，長誦一句，凝目一星，不三數夜，一天星斗，盡在胸中矣」作開篇。試設想如此境界，怎不吸引我這念文學的人？夾雜在陌生學理名詞中，他忽然朗誦杜甫〈贈衛八處士〉：「人生不相見，動如參與商。」帶着哲理就轉入介紹兩顆星宿在茫茫太空中的位置：參宿獵戶座，商宿在天蠍座，在黃道相距一百八十度，不同時升落，故永無相見之期。從此，我終明白天理、人生總歸一不可逆轉軌道。

現場體驗，天階夜色涼如水，我們到過上水興仁村第一巷十四號的志廬，看老師自設當時香港最大的望遠鏡，驀然有些星宿攝到眼前，但那光竟越過幾十萬光年而來。我們在船灣淡水湖堤上，為誰風露立中宵？方信「星垂平野闊，月湧大江流」的書寫非虛。

老師傾力克服許多困難完成香港太空館，正如他說：「現在香港的星空已經消失，太空館肩負重任，把美麗的星空還給市民。」我們要感謝您。

老師，穹蒼有一顆6743的小行星，以您命名，有您在，情也在。

二〇一四年五月十七日

膽量與容量

從李輝《絕響：八十年代親歷記》中，讀到上一代人的交往故事，深受那難能可貴的光環感動，值得我輩反省。

一九八三年黃永玉寫了一封長信給曹禺，信中說：「你是我的極尊敬的前輩，所以我對你要嚴！我不喜歡你解放後的戲。一個也不喜歡。你心不在戲裏，你失去了偉大的通靈寶玉，你為勢位所誤。」繼續就指出許多缺點。讀着信，我真佩服黃永玉膽量，又不禁猜想收信人的反應。

十多天後，曹禺回一長信：「你指責我近三十餘年的空洞，『泥溷在不情願的藝術創作中』這句話射中了要害。……你提到我那幾年的劇本，『命題不鞏固，不縝密，演繹、分析得也不透徹』……你說得這樣準確，這樣精到。」往後就詳述自己的反省及心路歷程。我一路讀來，還是有點以小人之心去估量他是否故作大量的姿態。可是，李輝跟着引出一件事來，令我深信曹禺的容量。

一年後，美國作家阿瑟・米勒在出版的《推銷員在北京》中，記述了曹禺對黃永玉信的反應。原來曹禺把來信裝裱了並拿出來「為我們逐字逐句地唸……讀着這些尖銳無情的批評，神情激動。這情景真是令人難以忍受。」難怪阿瑟・米勒對着「眼含淚水，目光熾烈」的曹禺，興起了疑問：「他這樣做時到底懷着一種怎樣的心情？」

批評別人，儘管批評者是真心善意的，還需要一定勇氣膽量。而能誠意完全接受批評的人，其容量更見廣寬。在各自膨脹的人際關係的今天，如何培養膽量與容量，實在艱難。

二〇一三年十月二十七日

忠於內心呼喚

「忠於內心呼喚」，這句話不是出自哲學家，不是出自教育家，而是出自科學家。

他的銜頭很長，但必須寫出來。劉雅章：美國國家海洋和大氣管理局地球物理流體動力學實驗室的「氣候診斷項目首席科學家」，並獲得二〇〇七年諾貝爾和平獎。他在中文大學主持氣候問題講座中，既講地球氣候變化的唯物道理外，竟然更講到個人的唯心感受。

四十三年前，讀中三的他，從地理科老師手上接過首次認識的天氣圖。他清楚記得那是一月十六號錄得香港攝氏四點六度低溫的天氣圖。就因此，他內心得到啟發，從此鼓起勇氣埋首研究氣候學。

劉雅章說：「一個老師展示的一幅天氣圖，或是恆常工作的舉動，老師或許不知道，這對我有多大影響。」我相信老師真的不知道他的理所當然的教學行為，會對座中一個學生產生如此巨大影響。當年，一班三四十個學生，同時接過老師派發的天氣圖，就只得一人在內心響起奇異聲音，召呼他朝向未知前路，不斷地走了幾十年，而果然得到有益人類的成果。

一塊石頭，扔了出去，只擊中一個能泛起漣漪的湖心，那絕對與心主的柔度有關。向內心的呼喚，可能喚起獸性，可能喚起人性。那位老師扔出石頭，有幸擊中柔度足夠的人性，而心主又能忠於內心的呼喚，完成事業，世界就多了一位提出忠告的氣候學家，這得首先肯定那是人性的呼喚。

世界文明發展到了今天，一切改善生活質素的物料已經應有盡有，應該是時候回歸內心，直指人的善性了。去除心湖的污染物，讓心能清明反照，才可忠於內心呼喚，成就人業。

科學家講心，真好！

二〇一〇年二月六日

甘地與曼德拉

我從母親教導中認識甘地，從黃家駒的歌聲中知道曼德拉。兩位都是民族與人類英雄，也是用「溫柔」方法對抗不公平、不自由的人物。

我對曼德拉的早年故事並不熟悉。他坐了二十七年牢獄出來後，我斷斷續續讀到的資料，是他如何以不流血行動消解了南非種族隔離惡政，以寬容平等國策對待曾奴役黑人的白人。他給我最深印象是常帶溫煦的笑容，從他臉上沒絲毫怨憤與抗暴的革命痕迹。也許這與他的信念有關。他認為「教育是最有力的武器，你可以用它改變世界」。他懷着「在我們的個人和社會生活中，對別人的關心，會使世界變得更美好，這是我們每個人熱忱的夢想」。他以「溫柔」方法感動了人。

還未讀小學，就聽母親講甘地的非暴力對抗不公平的故事。對這個面目清癯的老人，只記得他反對英國統治印度、自己織布，是個好人，最後給人殺死。我曾問母親好人怎會給人殺死？我忘了母親怎樣回答。等到懂讀《甘地傳》，才找到「甘地禱告蒼天，希望蒼天做主，為人輸送一位英雄人物如冉冉升起的朝陽，從熊熊燃燒的燔祭品中飄然而起，為非暴力學說潔身犧牲，照亮人類前途的道路，拯救人類免於自相毀滅」這一段話，讓心中多年的結解開。而他說「暴力和武力不能使我們成功，唯有真理和愛使人成功」及「我反對暴力，用暴力追求正義，追求的正義往往曇花一現，犯下的罪孽卻遺臭萬年」，更銘記在心。

二〇一三年十二月二十一日

善良的火焰

經歷滄桑歲月，雖不能說看透世情，畢竟看多了人事，總避免不了與許多社會、政治惡態碰面，這樣極易歸咎一句：人性醜惡。漫漫人生路，終日與邪惡危難為伴，如何了得？何況邪惡之外，其實人間善良仍不少，只是，邪惡易繪聲繪影，善良多不張揚，故往往只見邪惡張牙舞爪。讀世上與邪惡鬥爭的勇者傳記，他們面臨邪惡困惑必比常人多，怎樣克服挫折？如何不屈服於暴力？正是常人也該學習的。

近日讀曼德拉事迹，重讀《甘地傳》，汲取養分多，自可強化信念。

曼德拉：「人的善良是火焰，可能會被隱藏，但永遠不會熄滅。」「一個好的頭腦和善良的心，始終是一個強大的組合。」坐了二十七年牢獄，深受惡力壓迫而不懷恨，必然有永不熄滅的善良火焰。而強大組合，才讓他有希望。故他說：「我不是一個樂觀主義者，而是一個深信希望的人。」

甘地一生反對暴力，他強調「真正的非暴力，威力超過最強大的暴力」。因堅信「暴力和武力不能使我們成功，唯有真理和愛使人成功」。不過，他比曼德拉受到更多更複雜的磨難，故他曾朗誦泰戈爾一首詩：「別讓我為免遭危難而祈禱，而讓我無所畏懼地面對危難／別讓我止息痛苦而懇求，而讓我能有一顆征服痛苦的心／別讓我在焦慮恐懼中渴望拯救，而讓我希求耐心來贏得自由／答應我吧，別讓我成為懦夫，只在成功之時感知到你的恩典；而讓我在失敗之時發覺你雙手的握力。」提出了具體的自勉。

二〇一三年十二月二十二日

為誰風露立中宵

林惠娟

歲暮回顧，遙望夜空，數算那些曾經在你生命中出現的人，他們就像是銀河星宿，一直陪伴着自己，點綴着本來漆黑的人生。

朋友不在乎來者先後，最重要是他來了以後，就不會再走，永遠住在你心中。看〈氣味通感〉寫小思負笈京都，舍友林月先即使回程之際摔得滿身傷痕，仍記掛着要與她分享熱騰騰的炸雞，同慶平安夜。雞香氤氳，夾雜着多少的淒涼和辛酸；可幸還有兩人互相扶持、患難相交的真情滋味。吐納一口料峭晚風，不禁想起那年共我通宵溫書的同學。

伴我學業路的，除了益友，自然有良師。小思〈為誰風露立中宵〉、〈情繫穹蒼〉追憶廖慶齊老師。廖老師是本地天文學專家，躬身於穹蒼志業，為香港太空館發展奠定基石。老師全神貫注凝視望遠鏡的身影，課堂吟誦詩文的風采，小思至今歷歷在目。韓愈曰：「師者，所以傳道、受業、解惑也。」除了以上三點，現代社會的老師似乎更要激發起學生的學習興趣，這無疑需要很強的教學魅力。這種魅力不假外求，而是源於對專業範疇的熱情。廖慶齊老師情繫穹蒼的熱情，足以讓小思這文科生沉醉於無涯星空。

古人喜歡將星宿與哲理結合，「人生不相見，動如參與商」，有些人就如兩條平行線一樣，不會有交集的一點；又有些人的相遇，如兩線相交的一點，雖只是擦肩而過，已像剎那流星滑過般璀璨亮目。從紋身苦力的勤奮有禮（〈冒汗青龍〉）、老中醫的專業認真（〈病中〉）、導賞員義工的和煦熱情（〈人的因素（上）〉）、公安的友善殷切（〈人的因素（下）〉）、團友的守望相助（〈風雪同路人〉）等等生活小片段都能看到尊重自己崗位、以情看待世界的人性光輝。我很喜歡青年女警的一句：「得過香港警察的幫助，我很難忘。」原來滴水之恩，雖不求湧泉相報，但會以另類的形式延綿涓滴，細水長流。我很相信每個人的出現都是為你上一堂課，只是你能否以小見大而已。

「老師或許不知道，這對我有多大影響。」〈忠於內心呼喚〉中，科學家劉雅章教授憶述受老師啟蒙的一刻，當時他聽到了內心的呼喚，召喚他踏上研究氣候、改善人類生活之路。〈膽量與容量〉提到曹禺面對後輩黃永玉尖銳批評，不但不發怒，反而珍而重之的往事。批評者實事求是的真，被批評者精益求精的心，同樣值得反思。每個人心中都有一把溫柔但微弱的聲線，此之謂人性的呼喚。要堅定跟隨心志，從來都不容易。〈甘地與曼德拉〉和〈善良的火焰〉提到甘地和曼德拉明知前路艱險難行，但仍聽從內心聲音而行，犧牲自己為同胞發聲。曼德拉說過：「人的善良是火焰，可能會被隱藏，但永遠不會熄滅。」善良大抵就是他面對暴力而能不屈的武器，這是最溫柔而厲害的武器。歷史偉人果如夜空中明星，他們品格透現的光芒，引領着多少迷路人。

古希臘有句說話：「人沒法踏進同一條河流兩次。」正如我將沒法再凝看這片夜空第二遍。人世間的相遇，只能前行而沒法回顧，也只能在相處之際，學習對方身上的真善美，時候到了便繼續前行。

林惠娟，九十後中學老師。香港中文大學中文系文學碩士。喜歡透過閱讀和書寫感受生活。

指空敲石看飛雲——事理

一枝蒼玉寄宵人，遠勝邛州九節紋。添得老來山水興，指空敲石看飛雲。

——釋智愚〈酬李新恩惠竹杖〉

指空敲石看飛雲

年輕日子，兩條腿好使好用，並不理解手杖妙用。等到年事漸高，才驚覺扶手杖能增移步上高落低的信心。每見長輩顛危而行，我總好言奉勸試用手杖，可是他們多抗拒，特別男士常以「拿了手杖便見老態」為忤。

十多年前，香港難找適用手杖，只有一兩間老式百貨公司擺上少數英式木杖，款式千篇一律。往後，由外國傳入的伸縮輕便行山杖，十分方便，不分老少，也只在行山時用。後來在日本的大百貨公司裏，看到特別攤位，陳列多采多姿的手杖，真十分羡慕人家銀髮族的多種選擇。沒買一根回來，因那時自己還沒需要，香港市面也不見太多扶杖老人。

近幾年，街上扶杖人愈來愈多，他們多用廉價仿製外國的伸縮杖，實在擔心效果不佳，一旦閃失，連累老人跌倒。

那天，在九龍城廣場，竟見一家手杖專門店，呀！證實老化日子已到，這店雖然比日本的店遲開，但在香港仍屬「先知先覺」了。款式果然多樣，色彩耀目的、歐陸傳統的、高科技合成的、顏色與衣服相配的……還備了專業量改服務。

這樣一來，保守的人可以與歐陸紳士看齊，愛新的人不嫌老氣。

我旅行，走山道、訪古寺，一定攜杖。除了真的助力外，多少受了古詩詞的影響。「竹杖芒鞋輕勝馬，誰怕，一蓑煙雨任平生」，蘇東坡的「也無風雨也無晴」，非常人能及。智愚法師的「添得老來山水興，指空敲石看飛雲」，卻容易上手。多去幾回高山，原來興之所至，自然不自覺會提起手中杖，指空遙望，敲石聽音，站定了，倚杖看雲。

扶杖，也該有瀟灑感覺！

二〇〇九年三月十四日

骨子

年紀相若的朋友聊天，一人忽說某某人真骨子。腦海突然一閃亮光，骨子？已經很久沒用過、聽過這個詞彙了。座中人人明白含意，但怎樣向新一代解說，就頗費思量。

這詞早已消失，是典型廣州用語，一般詞典查不出來，只在饒秉才等編的《廣州話方言詞典》中找到，釋義：「精緻、別致、雅致、玲瓏」。老一輩廣州人恐怕不會滿意這解釋，因為不夠傳神。粵曲有所謂骨子腔，又有用於形容西關大少小姐們講究生活情調。當然重點在精緻，可是最要緊的是一種細緻情操、雅致身段手勢，甚至連食物的烹製手法，也可以用上骨子來形容。

如今世代，一般人講求多快省，講效率不講精緻，動作稍慢就會落後，粗豪才有時代感。太多層次，過多時間，都令人感到不耐煩。說起來，食物中蝦餃、雲吞的製作，最能反映不再骨子的變化。香港吃到的蝦餃雲吞，愈來愈巨型，要兩三口才吃得完，皮不薄餡不細，完全沒有細緻風格。一食店經人手包細小雲吞，再經師傅掌勺笊籬，過沸湯冷水，然後高湯上碗，層次分明。機製漢堡包千篇一律，粗豪爽快，大概難說甚麼骨子。

年輕一輩，行事姿態，更難骨子。偶見稍講細緻的，往往給人評為「姿整」，多含貶意。

時代畢竟不同，我輩也無法戀戀不捨逝去的風華，見過骨子，也該滿意了。

二〇〇六年二月十六日

痛癢相關

腳跟膜勞損發炎，要扶杖而行，步履維艱，方知上下梯級，對殘疾人如何折磨。塗多了藥油，腳底皮膚敏感，竟生出無數紅點，不久化成極癢的水泡。同一塊骨肉，同時既痛且癢，既癢且痛。癢不能搔，未必比痛易受，痛與癢同生，那種經驗前所未有，十分怪異。

嵇康說：「夫口之於甘苦，身之於痛癢，感物而動，應事而作。」都事出有因，且也與體相關。我們只有真實感受了，方有痛癢相關的反應。從前有同情心一詞，近新創了同理心，何妨再加一同感心？

關心殘疾的社團呼籲政府規定建築物、公共通道要設無障礙通道，未必人人覺得重要。等於見人喊痛，便責「少少痛楚都唔忍得」。見人癢而搔之，便責「唔好搲，損晒呀」。沒有親自體驗，儘管出自好心腸的規勸，還是毫無切膚之痛癢。

富翁去當一天清潔工，去住一夜牀位，就稍明箇中苦況。但詫異的是有些人，總是路已走過了，經歷過後，就忘了那痛癢相關。粵語片中，青年黃曼梨是淒涼媳婦，老年卻是惡家姑。如此類推，受壓榨過的人，富起來就壓榨別人。搞過學生運動的人，掌了權就打壓學生。打倒貪官的人，當了官就另一副嘴臉。這就是沒有了痛癢相關，即忘失了同感心。

有時，我不怪青年一輩不理解老年人的種種行為和想法，因他們未老過。我常設法理解和體諒青年人的一些違背常規的做法，因我年輕過。我痛過，我癢過，故可痛癢相關。

此際痛癢齊全，遂有感悟。

二〇一一年十二月二十五日

傾傘與側肩

據說日本江戶時代，深受我國陽明學說影響，形成一種人的溫文爾雅行為舉止，彰顯了行動美學，稱為「江戶風範」。

由於這種風範在日本已式微，引起有心人的關注，重新提倡。他們盛讚的例子，淺而易行的是傾傘與側肩。所謂傾傘，是下雨撐傘在狹窄街道上走，與對面走近的行人擦肩而過時，必自然把傘傾斜向外，避免傘上雨水滴濕對方。所謂側肩，指在狹路上有人迎面而來，雙方必刻意閃身一側互讓，免得互相碰撞。這些看似微不足道的小動作，原來，在日本已經成為過去，長輩學者盼望向年輕人傳承這種互助共生精神。

其實，早在我讀小學時，這些禮數已由母親、老師耳提面命，故不陌生。到今天，下雨天，撐傘走進有蓋行人道，我就立刻收起傘子。遇上人擠處，無論行進中或在公共交通工具中，都必側身。母親還教導在人多地方坐定，不應架起二郎腿（女性本來就不會如此失禮，她是教哥哥的），或把雙腳交疊，讓其中一隻腳掌佔了空間，令經過的人絆倒或褲管弄污。老師更規定我們在行人道上不可四人並肩而行，阻礙別人快步經過。這完全是人際互相體諒、融和的自然行為，犯不着講到甚麼陽明學説那樣深奧學問。

今天，還見到不少懂傾傘側身的行為。當然不免仍有些不自覺不懂的人，特別坐地鐵或電車樓下橫列座位的人——他們另一種側肩而坐，一人斜坐佔去兩人位置。又有提起腳，阻了本來已擠的空間。這些人不為他人設想，沒法子。

二〇一三年一月二十日

延伸閱讀：小思〈家教〉、〈重視家教〉，見《緯夫的腳步》，中華書局，頁一二三——一二六。小思〈母親的説法〉，見《翠拂行人首——小思集》，中華書局，頁二二六——二二七。

搭枱

我們這一輩人上茶樓，經歷過搭枱的與人同樂，也發展到今天二人世界私隱為尚的生活。

沒調查香港還有多少茶樓能搭枱。在澳門廣州，早茶搭枱仍流行，經驗也很有趣。澳門陶陶居，一大清早，已滿座茶客。自助找位，幾經尋覓，找到一大桌有僅容二人位置，趕快「攝插」坐下。同桌十人都在熱烈聊天，正當我躊躇吃甚麼點心之際，旁邊大嬸就給意見，「叉燒包好食呀！」乖乖聽話，我們按話行事。滿枱蒸籠碗碟，我吃着吃着，才發現自己點的未來，錯吃了別人的蝦餃。連忙道歉，大嬸嘻嘻笑，「唔緊要，一陣我食番你嗰籠唔係得囉。」他們高聲話家常，不由我不聽，但聽下去，方知道那十個人，其實是四個不相識的組別，連同我們共五組人同桌，柴米油鹽說了半天話。

最近去廣州，在中山大學的附設賓館茶樓飲早茶，又見一番熱鬧。座中全是附近民居老人，四人桌剛有兩個空位，一對男女早在。坐下去，女的對我說：「求先我已經想叫你等下，我知佢哋就埋單。」男的跟着告訴我今天茶客特別多的原因。不久，男的走了，原來男女並不認識。接着一對男女坐下來，他們叫了許多點心，還問我為甚麼不吃牛腩腸粉煲。然後，我也忘了她怎會說起她那快要考大學的孫兒，生活起居一二道來，連他身高多少我都知道了。

這種社交，可能與講求尊重個人空間自由的香港式生活形態差距極大。我們不習慣與陌生人無端搭訕，就算偶然因某些事提起話題，也匆匆兩句了事，生怕別人嫌煩。今天失去閒話家常情趣，人際關係疏離，情緒繃緊，抑鬱症也就此形成了。

二〇一〇年十一月六日

對付塵世

早知這是塵世！家的前後都臨界通衢大道，二十四小時車輛穿梭，滾滾凡塵，無孔不入。我秉承庭訓：「黎明即起，灑掃庭除，要內外整潔。」上午掃抹地板一遍，可到了黃昏，又見蒙塵，忍不住，又再掃抹一遍。用舊時辦法，掃帚不成，只會揚起塵頭。用吸塵器，既要裝嵌又要拖拉電線，一天兩趟，實在麻煩。用拖把靜電除塵紙，推動巡迴走動，當作一天運動量，本來不錯，但正牌吸塵紙很貴，便宜的又不太見效，結果微塵吸了，稍大的小垃圾，仍留在地板上，到頭來還是用上吸塵器。天天為塵世事傷神，好友勸說掃了又來，何必掃？隔幾天才掃一次與每天掃兩次，都是面對塵世，不要執着。但行出行入，眼見污穢，過不了自己一關。消息傳來，日本已開發家居用機械人，想着科技一日萬里，盼望有生之年，可買個機械傭人幫忙家務。如今有具外貌不似人，卻圓墩墩的，可前後左右自動移動吸塵的機械「人」，沒電了還會自動回到儲電器身邊上電，一具智能吸塵機械人！夠好玩，我決定買下來。利用遙控器指揮它，搞了大半天，它卻不聽指令，應左卻右，該前退後，活像個頑皮小傢伙。累得我追着它，不自覺連連叫道：喂喂！呢度呀！左邊呀！向前呀！喂喂！這是我對付塵世的一段速寫。

二〇〇七年八月二十六日

廚者修養

近來在食店尋食，總是無可驚喜者。歸家後又多覺舌苦唇乾，不是滋味。

眼看媒體宣傳，介紹圖文並茂，市面食店紛陳，彷彿除食之外，並無其他足慰人心的動作。當然，自古以來，人類講究食，早有紀錄，中國尤見心得。翻開史籍，不乏講烹飪的文獻，可是時至今日，烹飪業界，卻承傳不下來。

有心人說，不要錯怪廚者，因為食材質素已今非昔比，巧廚難為。我說也許對，但其中還有其他因素。最近江獻珠女史在宣傳單張上，大字標出：「心意，是烹飪最重要材料」，正正點中要義。廚者必須把烹飪當成藝術，而不是一份工——打好一份工已不足夠，何況許多廚者連份工也打不好。《隨園食單》有〈戒苟且〉，指出「廚者偷安，吃者隨便，皆飲食之大弊」。為甚麼會苟且？

那就是無心意。簡單如煮個麵，連用長筷撥開，笊籬戳幾下都懶為之，麵餅一團就上碗，這是在某名麵家吃雲吞麵的經驗。聽説從前淥麵師傅撥戳用力多少都講法度，多少時候送到客人面前才適當，也掌握得宜，這就是心意。我跟隨名食家去試菜，也極怕明天自己再去試一次，怕只怕廚者心意已耗盡在名食家身上，與普通食客無干。

我已不會求食於名廚，盼只盼普通廚者在掌勺時多加心意，讓食料鹹淡適中，火候恰當，別隨手亂加味精芡粉，這是廚者應有修養。

日本廚藝真人真事，或電視劇集，他們總給人「煞有介事」的感覺。入廚學徒連學洗碗洗碟也認真得咬牙切齒，我想，這是認真修養的第一步，心意也練就了。

二〇〇九年七月十九日

文理之間

讀陳載澧〈岳飛箭速與融會貫通〉一文，說與學生談論〈岳飛之少年時代〉中，岳飛的箭速應為多少的問題，引伸了許多物理力學的討論，陳兄由此說到「學科之間原沒有不可穿透的屏障」，使我想起十多年前，一堂散文欣賞分析課，得到的啟發。

學生正探討許地山那篇百字散文〈蟬〉，說一隻給雨水濕透的蟬從松樹上掉下來的小片段，中文系學生分析甚麼層次、遠近景，哲學系學生說甚麼宿命論，大家正爭得面紅耳赤的當兒，座中一個物理系學生忽然問我：「老師，松樹有多高？蟬和雨水有多重？跌下來的速度如何？我才能計算那隻蟬死不死。」這一問，令全場呆了一呆。他態度認真，絕非有意鬧事。當然要他解釋何故有此一問。他就說了一大堆甚麼 980 達因、加速、距離、質量等於甚麼。我在中學時讀過物理，大概還明白他言之成理，但文科生就聽完只有起哄。經此一役，我深切明白，各專業的思維方式，令結論截然不同，沒有對錯的問題。

當然，〈蟬〉可以這樣讀，但怎樣才能穿透文理之間的屏障，怎樣溝通抽象的文思與實質的道理，而不失文的美感，才算真的融會貫通。優良的文學作品，有許多想像空間，過於實在，就失卻轉迴餘地，分寸的拿捏準確與否，決定了得失成敗，值得深思。

二〇〇五年十一月四日

延伸閱讀：小思〈蟬〉，見《承教小記》，華漢出版社，頁一四三——一四四。

先生・先・生

不知道打從何年開始，一般香港人在書寫時，稱呼別人，不寫陳先生、李先生，而是寫成陳生、李生。我看了大不以為然，以為人們把廣東話「先生」講成sang音，縮寫而成，曾想寫篇文章指出不對。可是一時未能尋得有力證據支持，又加上看筆記小說，有云古時妓女也稱先生，不知是否屬實，只好拖延，記在心中。

幸而文章沒寫成，否則大錯的是自己。

最近讀趙翼《廿二史劄記》，赫然發現有這麼一條：「古時先生二字，或稱先，或稱生。」趙氏引《史記・鼂錯傳》「錯初學於張恢先所」，又引《漢書》「學於張恢生所」，再引顏師古註「皆先生也」。再查《史記索隱》：「云生者，自漢已來，儒者皆號生，亦先生者，省字呼之耳。」於是解決了多年心中疑團。

我想香港人不至於因懂得這些古例才用「生」字，只不過口頭叫sang，筆下自然縮寫成「生」字了。

從這例子，大概廣東話與古代發音有相近處，我修讀過「音韻學」，可惜只學概論，沒深入研究，以上所説也不知對否。

由這件事可見，有讀不完的書，有學不完的知識，真的不敢貿貿然自以為是，筆下有千斤重，慎之慎之。

二〇〇六年十月十五日

剩有圖書架未虛

幾十年逛書店已成生活重要部分，逛則必買書也成擺脫不了的習慣。所有書癡都如此。

所有書癡必也面臨兩個困惑。一是藏書無地。香港居住環境，人藏身不易，書更不必說。有人連廚房廁所也堆書滿地。經濟能力許可，有人買個貨倉棲書。我常對藏書家的太太說：妳真偉大，容忍那些書。有位太太夠幽默說：「我寧忍他滿屋藏書，遠比他金屋藏嬌好。」書災，已是老話題。另一是買書快讀書慢。恐怕無人不遇上「咁多書，你讀過晒？」的質疑。

果然有些人坦白承認買了沒讀，但真愛書者，買書後必翻過目錄、序言、後記，或文題感興趣的，如果專題藏書者，更必讀全書。我買過一些舊書，前手讀者在書中用筆眉批旁注，蠅頭細字寫得分明，有些更夾帶有關剪報，充分表現讀書精細心思，每逢此情，我對該書多添幾分敬意。

我也見過許多愛書人，節衣縮食，甚至典賣家當都為買心頭所愛書。其實這已成癖，與別人買飾物、名牌衣服成癖沒有分別。黃俊東兄曾說：「人生總要保留一點自己喜愛的惡習，買書便是其中之一。」他引用馮虛庵的遺懷絕句：「年年衣食無長物，剩有圖書架未虛；或到坊間成偶遇，墨緣修得置窮居。」作為自己寫照。

我退休後把大部分藏書捐了給中文大學圖書館，總以為今後可一改「惡習」，卻原來，癖性難戒，路經書店，吸力一扯，真是身不由己就進去了。十年過去，又是剩有圖書架未虛。

也好，趁視力還在，有書為伴。

二〇一三年三月二日

延伸閱讀：黃俊東〈剩有圖書架未虛——說說買書與讀書〉，見《獵書小記》，雲南人民出版社，頁一—七。

讀《天堂家書》

窗外山坡上，三四株梅花盛開，今年，經不起天氣時冷時熱，陣風陣雨，不到一星期，就零落殆盡。人們逢春，賞花宜早，等到花謝，點點殘瓣，徒添傷感。

在窗下，讀聖雅各福群會辦的徵文比賽「天堂家書」的得獎作品，不禁想起王羲之〈蘭亭集序〉：「死生亦大矣，豈不痛哉。」作者筆下，對逝去的親人友好，有濃有淡的思憶，有深有淺的事例，都反映了切膚之痛。更多的是後悔，愛得太遲，無數貼心話不在人未逝去之前當面說出來。

大千世界，惘惘凡塵，生死原來只隔一線。我們理應畏懼死，因為對生命已無可挽回，但卻又往往忽視了珍惜生的時光。

我們似乎不習慣當着愛或恨的人，講出心底話。我們也習慣平白讓眼前人匆匆而過。情隨事遷，人已不在，一切成了追憶，才從惘然中醒覺，於是永鑄悲懷。

天堂家書，是在世的人把悲情舒展出來，旁人在文字中，自可領受一段段人際可歌可喜、是悲是痛之情。而最寶貴的，相信是讓生者把鬱存心底的情緒一瀉而出，箇中的反省、宣泄，會成全不可預計的力量，使生者在往後的日子裏，可憑藉此而更懂珍惜「生」。

死生亦大矣！唯未知生焉知死，我們珍惜生，自可毋懼死。賞花於燦爛之時，無負春光。

二〇〇七年六月二日

樹葬

死去原知萬事空！空，實難說，一具臭皮囊，如何安放？已非去世者所關注，一切都留給在世後人策劃籌謀。

慎終追遠，原是美德，但香港地少人稠，為先人尋個良穴，費煞思量。何況如今子孫多各散東西，年年上墳拜祭，也不容易。墓地長久欠人打掃，荒涼破落，未免淒酸。每逢拜祭父母，都想到待得我也歸去後，不知道還有何人料理他們的墓碑。當年看到許地山先生墓地坍壞情況，悲涼之情仍歷歷在心。同時，免不了也想想自己他日的「安放」問題。

年輕時偶然談起「安放」方式，總瀟灑說海葬最理想。黃河長江滔滔東逝水中藏身，才夠浪漫。近年想着何必遠離生於斯長於斯的地方，就灑落海中好了。誰料未經政府批准，骨灰不能亂拋，又只好打消念頭。最近政策改動，海葬合法了，可我卻另有想法。

聽説廣州推行樹葬，就是把先人骨灰，帶到植林區去，認定一個位置，植一棵樹，骨灰歸土，成了樹的養分，從此與山水相依，完成綠化國土任務。一聽之下，心生歡喜，這方法實在好。先別説綠化好處，樹人樹木，期以百年，正合心意。而根入深土，腳踏實地，不再飄搖，也是我所求。

香港應推廣樹葬，但千萬別每棵掛個先人名字，還它一棵樹的正名好了。

二〇〇七年六月十日

延伸閱讀：小思〈許墓〉，見《不遷》，華漢出版社，頁三三——三四。
小思〈許墓重修〉，見《不遷》，華漢出版社，頁六五——六六。

全副性情——談小思老師的幾篇散文

陳志堅

文字從心，情隨意轉，當閱讀小思老師的作品，我們都會讀出情味。這次再讀老師之作，有些是新讀，又有了新的體會。一言以蔽之，就是「雅」。《荀子・榮辱》：「君子安雅。」王先謙注：「正而有美德者謂之雅。」讀小思老師之作，如見其人。

這些年多往日本旅遊，見當地人甚講禮數，即便修路工人因道路阻塞，竟向過路人逐一鞠躬致歉，〈傾傘與側肩〉寫日本傳統的待人之道，傘要外傾，肩要側過，這不止是禮貌，更是生活教養的表達，溫文爾雅的風範。相對於自我膨脹，凡事只講權利、個人崇拜的香港式生態，我們是否忘了這裏曾有過「同一屋簷下」的人情與關懷，不論朱雀橋邊，還是烏衣巷口，都是尋常百姓家，〈搭枱〉正說明了茶樓枱客閒話家常，人際相處添了幾分人情，這幾分情味正是生活的潤滑劑，有時不必動輒起疑，木口木面生怕好端端遇上了惡人般，反而，幾句無關痛癢的問候倒增加了好些生活的格調。

然而，有時痛癢是相關的。小思老師借痛與癢關聯作喻，剖析人在不同階段的態度轉變，痛時忘癢，癢時忘痛，然而，保存「同感心」卻是必要的。我們不難發現這世界教導年輕人走向自私與功利，小思老師卻提醒我們應具備顧及他人的處世態度。李贄〈童心說〉：「童心者，心之初也。夫心之初，曷可失也？」人若失其童心，凡事往勢利看，就是「沒有了痛癢相關」。「牛山之木嘗美矣」，人之初本來應有這份善良的同感心。那麼，我們在生活裏面，應怎樣體會這份同感心？就視乎我們對待自己與世界的態度。「滾滾凡塵，無孔不入」，〈對付塵世〉本來書寫清潔家居，卻使我推想到世俗功利的思想也是無孔不入的，誠如小思老師所言，「行出行入，眼見污穢，過不了自己一關。」娓娓道來，甚具哲思，在現實社會，世俗功利的思想容易影響我們，故我們若對自身有所要求，不受「污穢」，就應保存初心不變，不好隨波逐流。

若要能「雅」，必須鍛煉內心修養。孟子與告子辯仁義，孟子以為「仁內義內」，君子所為皆發乎內心，我們讀小思老師作品，不難發現老師對自身的追求。〈先生．先．生〉寫老師本來打算指正語文之誤，後來發現古書所述，原來無誤，從而得出「不敢貿貿然自以為是，……，慎之慎之。」「謹慎」是重要的生活態度。此外，還需添上「心意」。小思老師於〈廚者修養〉指出日本廚者怎樣仔細考究工夫，廚前廚後皆有所求，這種認真的態度就是「心意」，心意如何練就，得從細節開始。這種態度，年輕人需好好學習。

學海無涯，雖不至於梁實秋先生所言成了書癡，惟做學問，多少講求積累與心思。小思老師特別欣賞精批細讀者，〈剩有圖書架未虛〉寫「有書為伴」，書成了心頭好，卻還須細讀。這讓我想起小思老師《日影行》中〈學問〉一文，「我們不必計較別人做了多少，但總得算算自己做了多少才好」，做學問如此，讀書也如此。然而，書日日讀，卻不能讀死書，還需要融會貫通。融會也者，就在冷靜與熱情之間，〈文理之間〉正正是說讀書在「穿透文理之間的屏障，怎樣溝通抽象的文思與實質的道理，而不失文的美感」，的確，思維的高下在於學問的開拓與轉化。由是可見，修德講學，是一份優雅，就在於「謹慎」與「心意」，亦本乎「精細」與「貫通」。我們總是讀「小思」，原因就是這種「雅學」的學習。

每談小思老師《我思故鄉在》，必然感受到老師的鄉情，所謂「血脈相連」；特別是對於「土地」與「事物」的珍視，充分顯示吾土吾情。想不到老師竟把這份情轉化作對「死」的想像。讀〈樹葬〉就如篇名所言，葬於樹下，「根入深土，腳踏實地」，有着「化作春泥更護花」的情操，能把「死」看得如此自在，是真正的樂得逍遙。面對生死的論述，還得看〈讀《天堂家書》〉。文章提出「我們理應畏懼死，因為對生命已無可挽回，但卻又往往忽視了珍惜生的時光」。故此，結語請我們珍惜「生」，自當毋懼「死」，來避免人死不能復生所鑄成的悲懷；的確，「生之頌」若成，死何足慮？老師提醒我們，「賞花於燦爛之時，無負春光。」這種參透生死的洞見，就像是把這份優雅推高至另一個層次，無怪乎劉偉成於《小意思》序中說老師的散文富有抒情魅力之餘，還有那「令人如沐春風的感染和點化」。

那就讓我們瀟灑走一回吧。當我們讀到〈指空敲石看飛雲〉，文章本寫老人對手杖的依附，轉而述及運用手杖，古今皆然，反而興之所至，提杖指空，敲石聽音，倒有坐看雲起時的雅致。老人本應無杖不歡，經老師輕輕點撥，卻成了「手杖凝空任平生」的氣魄。黃師繼持教授於〈試談小思——以《承教小記》為主〉中形容讀老師的文章令人「氣靜神凝」，大抵除了筆法，更重要是文章所呈的「思理」，所謂「風華內斂，潛氣內轉，修養有素」的韻致。

借老師〈骨子〉一文所言，「無法戀戀不捨逝去的風華，見過骨子，也該滿意了。」怎樣才算是「骨子」的人生，大抵是學懂待人接物，培養個人內在的修為，以致明白死生，瀟灑自在，所謂「正而有美德者」，活出真正「雅」的人生與人情。

自中文系畢業已廿載，回憶本科入學時，小思老師親臨訓勉，着我們讀中文系的人要時刻動情，在百萬大道窺見黃葉墜落，難免動容。當天一席話，至今難忘。一葉知秋，方今才曉得，情之博大不止於動人，而是糅合知性與感情，仿若黃生《杜詩說》：「使人設身其地，亦自黯然銷魂。非以全副性情入詩，安能感人若是哉？」聽老師之話，讀老師之作，同樣有感「全副性情」，特以此文致謝。

陳志堅，畢業於香港中文大學中國語言及文學系。現為中學副校長。著有小說集《紅豆糕的歲月》、《無法預知的遠方》等，另主編散文合集《情味・香港》。

別有纏綿水石間——萬物

老去江湖興未闌，園林佳處說般般。亭台雖小情無限，別有纏綿水石間。

——陳從周〈濰坊十笏園〉

別有纏綿水石間

香港難有中國園林景致文化。

貝聿銘想盡辦法，利用極有限的空間，為香港中國銀行營造一個有層次流水的小園林。可是，人站在其中，總感受不到那種園林應具備的雅趣與悠閒。

十多年前，陳從周先生來港，不知誰帶他去看灣仔港灣道的小公園。我問他有甚麼評價，他老人家很含蓄，只笑了一笑說：「改名叫井底園較好。」也難為香港的建築師，在地狹如巷的小塊空地上，要生硬堆砌出山水亭台，真是談何容易？

記得陳從周先生的〈濰坊十笏園〉詩，其中兩句：「亭台雖小情無限，別有纏綿水石間。」道盡了江南園林的精髓。江南地小，設計師擅於向自然借景，引山水進入小園，與人居融為一體，輾轉迴廊，一步一景。

說到借景，我不能不提香港中文大學新亞書院校園裏那座「合一亭」。它是我在香港所見到的最佳庭園設計。既包涵要表現的哲理，又能借取自然，融情入景。建築師在山頂築一小水池，人站在適當角度，可見咫尺的池水與遙遠的吐露港的海水緊貼如在同一水平線。抬望眼：水天反照，山水纏綿。人與旁植樹木，倒影池中，真箇天人合一。

據說建築師陳惠基從不明錢穆老師的〈天人合一論〉所含理念，到逐步試探、測勘地形，一再修改圖則，都用盡心思。這一小角能情理兼容，足證地小無礙。

二〇〇五年九月三十日

深秋未圓湖

香港沒有深秋。滿山還綠，如何落葉紛紛？吹來一陣涼風，提醒人應加件薄風衣，那就算深秋了。

中大山腳校巴站，學生匆匆步履。我不依他們常規，獨自走進哲道。哲道？依稀帶着京都哲學之道影子。這條屬於中大的哲道，我卻從未行過。

不必理會左邊的球場動態，只顧右邊是樹木水池。那已經是黃昏了。鳥雀似未有歸巢之意。偶聽幾聲啁啾，我分不出甚麼鳥，反正清脆可添清聽。白欄杆的曲橋，只有二曲。九曲是奇數之盡，二曲是偶數之始，但願中大人曲折不多。快到一曲盡處，既是深秋，連殘荷都沒了，只見荷葉，未有擎珠。在一株臨水樹杈上，站着一隻黑頭背灰白身的鳥，瞪着圓眼低頭看水。原來正有一尾紅魚幾乎定靜水裏。我以為牠在俟機捕食，等了一陣，弱肉強食鏡頭沒出現，牠卻閉目養神，而紅魚也逍遙曳尾遠去。我趕快去看繫在某棵樹上的「雀鳥說明」，那叫夜鷺，中大留鳥。習性捕吃魚類，怎麼未圓湖的鳥魚如此相融？好一派和平景象。

再上哲道，樹蔭下迎面而來一雙青年男女，依偎低語，款款而行。好美麗的情態。多看了青年情侶在餐桌前竟默然互撥手機，卻無眼神接觸，常感浪漫消滅。今回重見悠然情意，這該是個戀愛好地方。轉到養德池，乃是舊時相識。我對養德池一名，總感謝那為它命名的人的巧思，由英語的鴨子，轉化成同音德字，讓一池春秋之水，涵養修德，印證崇基「天地立心」、「陶鑄人群」的信念。未圓湖，一片好風景。

二〇一二年十月二十日

相思何寄

一直以來，中文大學的校園風景，都是香港眾多校區之冠。入學口試時，許多中學生回話，也說因校園美妙的吸引，選擇了中大。

中大有了山水地利，建構成樹木樹人的優良環境。馬尾松、台灣相思、宮粉羊蹄甲、杜鵑花……四季自有不同風貌，每一種植物，總會牽繫着某些人的某種情懷。

中大自然風景，譜進了無數文學作品中，也寫下了無數中大人的生命痕迹。有人吟詠了台灣相思。有人借題馬尾松抒懷。有人踏着宮粉羊蹄甲片片落花，完成愛情故事。杜鵑花盛放之際，標誌着驚心的考試成敗來臨。山上山下，沿路所植樹木花草，無言迎風冒雨，年年月月，鑄就中大人的難忘記憶。

李達三樓附近，有我鍾愛的巨大鳳凰木，坡下有疏密有致的台灣相思，沿路遍佈三月便璀璨耀目的杜鵑花。我可能忘記了坐過的辦公室模樣，卻不會忘記那些各有個性的植物。

退休後，每周一次回中大當義工，有意無意，總會探看一下這些植物。誰料，一天回去，赫然見到那幾株台灣相思和花草全給人砍掉。樹幹斷成一截截，倒卧路旁。我走上前去，受截樹幹的年輪清晰可見，顏色仍鮮，似剛鋸下來不久，伸手去摸摸，我感到濕氣如淚未乾。

以後，那片地圍上木板，大興土木。

樹木因建築發展之名而犧牲，而曾愛之者，從此相思何寄？

二〇〇六年三月三十一日

雨燕啁啾

該感謝建築師司徒惠先生設計的清水混凝土中大圖書館，質料與簷底角度，都為雨燕營造了舒適的家址。據雀鳥專家詹肇泰説，那裏容下全港兩三成的雨燕。

三十年來，小燕在那裏一代傳一代，生息期間，帶來自然生趣。

我進中大首十多年，不知道晨昏匆匆飛舞的小燕子叫雨燕。我幾乎每天都抬頭看牠們一陣子，總覺得急促飛翔很擾人，特別風雨前夕，那種躁急呼喚，令人不安。仔細觀察，原來牠們不習慣直飛回巢，往往旋飛一陣才抵家。中國詩詞用「啁啾」形容鳥聲，「啾，小兒聲也」，「眾聲也」，大概指尖鋭而眾多的聲音，這足夠描繪眾群雨燕的聲量了，比「呢喃」更恰當。

有幾回，圖書館朝南簷下的燕巢外，垂絲倒吊着燕屍，隨風搖動，很淒涼。可是沒幾個過路人會停下來看看。忘了哪一年，中國作家在祖堯堂開會，下午第一場快舉行，我遇見戴着怪帽子的詩人顧城也站在簷下看燕屍，看了一會兒，就進會場了。秩序表上他第一個發言，他竟說不依發言稿說，即興講了燕子的故事。可惜當時沒做筆錄，如今已全忘了他在說甚麼，只記得會後大家都訝於他不守會場程序。不知道當年與會人有誰記下他的講詞，那應該是一段淒然文學作品。

昨天回到校園，看到好心人為雨燕做的假巢都在，樣子有點怪，雨燕未必喜歡。「假」字真諷刺，原來世界已面臨甚麼都「假」的地步了，自然界生物如雨燕，某天回巢，發現真家毀碎，旁有假家，該有多少疑惑與驚詫？

終身不着地的雨燕，會到何處啁啾？

二〇〇九年四月二十五日

我需要天空

在灰色堅實的清水混凝土建築物外，簷下，結聚着小白腰雨燕的巢。

每天清晨、黃昏，或風雨來臨之前，一隻隻體型極小的雨燕，不列隊、不排行，以極高飛行速度，在建築物附近穿梭。

每天不同的時間，地面行人，不列隊、不排行，以匆匆腳步，在建築物附近穿梭。

沒有多少人會停下來抬頭，追尋小燕子的去向。偶爾看了，也給那高速淩亂飛翔身影閃亂了眼神。誰是有心人，問過：你們幹嘛如此匆忙？

小雨燕以尖銳急劇的顫音，傳出咻咻的呼叫，特別在傍晚歸巢時分，作一天在外邊工作的匯報。

牠們出去，牠們歸巢，為了生的目標。

牠們為生命延續、為生活，在外邊沒一刻停留。牠們知道風、知道雨。牠們熟悉寒、熟悉熱。

地面行人，出去、歸來，從一幢建築物跑到另一幢建築物。為了甚麼目標？誰撫心自問過：我幹嘛如此匆忙？

人們沉默走過。清水混凝土、玻璃幕牆，困住腳步、隔開大千世界。偶爾，有些人，在烽火台上，朝百萬大道，抖出咻咻的呼叫，聲音隨風消散後，時間流逝，掃不了多少凡塵。

據說，有一種夾層玻璃，引進天然景致和光，卻阻擋熱力滲透，人們在裏面，受着不知寒熱的保護。不必到外邊，世界就在眼前浮現。

甚麼時候，人們都該出去了。如小白腰雨燕，為生的目標飛翔。迎風破浪，寫一首詩——屬於自己的詩，更屬於人類的詩。作一生在外邊世界工作的匯報。

我需要天空
一片被微風沖淡的藍色
讓詩句漸漸散開
像波浪
傳遞着果實

——顧城〈不要說了，我不會屈服〉

二〇一三年十二月十五日

（本文為二〇一三年十二月七日中大「百萬零一夜」寫）

春色初來

友人紛紛往南京梅花山、揚州瘦西湖、溫州楠溪江去了，為的是要爭與初綻梅花同醉。

我在新搬的家裏，靜觀細聽迎來今春。

牀前窗外，矗立一株八九層樓高的木棉樹。一日回暖，瞬間，枝頭就佈滿朵朵紅花。從前讀屈大均《廣東新語》，已記熟了「木棉，高十餘丈，大數抱，枝柯一一對出，排空攫拏，勢如龍奮」。又說花絕大，「望之如億萬華燈，燒空盡赤」。這株樹，因為立於交通繁忙路旁，車塵污氣，令花受罪，已稍減褪了盡赤的熾烈顏色，幸而仍朵朵紅似珊瑚。天天起牀望去，花添得快，令我精神抖擻。

最初任教的中學校園，也有一株木棉樹，印象中，好像樹上沒有雀鳥，但如今窗外一株，卻引來不同鳥類，盤桓枝頭。高髻冠和白腰文鳥最多，小麻雀多在低枝丫上徘徊，不上最高枝。正因鳥多，逢好天麗日，鳥噪熱鬧得很。每天早上，牠們就以清脆婉轉多聲道，迎來晨光第一線。

從來沒聽過那麼多鳥聲，心情本來十分舒暢，可是，打開報紙，禽流感消息遍佈全球，香港更見風聲鶴唳，發現死鳥的地區，已由新界逐漸移到港島來，弄得我忐忑不安。鳥唱愈響，愈惹人愁。生怕有一天，天地間再無鳥唱。

我遙望樹上群鳥輕盈追逐，偶然也見幾隻兀鷹低飛，自然界的春意盎然，真是天道自然，就不明白何人何事作孽，令生靈受創。

二〇〇六年三月九日

英雄失色

孔聖堂中學一樹紅棉，是我初入教育工作行列的鼓勵力量，也是當年師生的共同記憶。以後逢春暖路過，必抬頭仰望，只見旁邊建了新廈，木棉仍然矗立，可見校方珍視之情。

家的對門，建造商會學校山坡上也植了三株紅棉。去年修理斜坡，我深恐這一修，連紅棉也修理掉，天天起牀，就先探看它有無異樣。幸好斜坡修好，三樹安然。不過，不知是天氣反常，還是泥土疏鬆或久欠養分，開出花朵竟淡紅憔悴，已失英雄本色。這一驚，令我趕快去各木棉據點：紅棉道、公主道、紅磡隧道口、獅子山隧道公路……細看究竟。果然，株株已不再如屈大均描寫一般：「作深紅金紅二色。望之如億萬華燈，燒空盡赤。」尚在枝頭的花朵，多作橙紅色，還夾在不算新出的葉子中間，完全不合「花時無葉，葉在花落之後」的生態。

植在車流狂潮的公路旁，污染包圍，英雄已無用武之地。

再讀屈大均詩：「十丈珊瑚是木棉，花開紅比朝霞鮮，天南樹樹皆烽火，不及攀枝花可憐。」那種「紅燒朵朵芙蓉砂」的英雄氣概，在香港污染地，已蕩然無存了。

有人說，不單是污染問題，還有不合時宜的錯體天氣，也作弄了配時而生的植物性格。英雄不識時務，只有失色。

二〇〇七年四月八日

北人無路望朱顏

嶺南人一直以一方水土，能植出「英雄心性由來熱，待竟蒼生衣被功」的木棉為傲。陳恭尹就高歌「歲歲年年五嶺間，北人無路望朱顏」，屈大均以「十丈珊瑚是木棉」描繪這如熊火燭天的英雄佳木。

香港人也有福份，這方水土，處處遍植木棉，春暖一來，大紅花朵，便早早燦爛枝頭。英雄為名，乃因幹直不屈，花開朝天，要落也非片片殘紅，是大朵朵壯烈轟然墜地，自不求人憐。果實成熟，成飄絮紛揚，是攜子遠播，求開枝散葉，延世續代。研究中藥的，更知木棉「有祛風除濕、活血消腫、散結止痛之功效。木棉纖維中空保暖，輕細柔軟，天然抗菌，『千年不蛀，千年不霉』」。民間知識，早知珍視。

誰料香港就有人——劉健威稱之為「摧花賊」，別以賊稱之，賊也不至難分好壞那麼蠢那麼懵。竟因少數人投訴，飛絮會令鼻敏感，就提到官衙去摘花摘果，這真千年一遇的笨蛋行為。世界各地對花粉敏感的人成千上萬，從未見有政府下令不許種花。今天就因少數香港人的自私、無知，竟把成行木棉花果摘掉，這究竟算是甚麼一件醜行？

北方人羨慕南土有英雄樹，香港人多年來也以木棉為英雄精神象徵，紅棉道上，年年紅遍，上達天聽。這自然一景，也提醒香港人應有的英雄氣概。

英雄無奈！也許香港根本沒有英雄藏身之所，心性熱又如何？耐不住蠢人愚行。遙望窗外獨立一株參天木棉，今年花開得有點憔悴，還未成果。我盼望學校負責人吩咐園丁好好侍候，別讓天后廟道失去這一英雄風景。也盼不久見到棉絮飄飛，香港難見棉絮因風起，同是一詩風景。

二〇一一年四月二十三日

悼樹

歷來，我愛樹！

四季轉移，樹知道。雀鳥啁啾，樹聽見。紛紛落葉，幾點嫩芽，片片新綠，便殷殷告知生命的循環定律。

空氣、土壤、人情，近年對樹都不夠好，每逢聽到樹病樹倒，我都傷心。特別非自然老去的樹，經不起污濁空氣、水泥地的壓迫、人情失策而無端倒下，是都市無奈病態。

幾年前，搬了家，屋前有三四層樓高的木棉樹一株，書房窗前有鄰園種植也三四層樓高的鳳凰木一株，每到春夏之交，就繁花耀目了。今年，樹木消息不佳，狂風一過，塌倒的不少。我正為頗見憔悴的木棉憂心，怎料那日夕眷顧、剛花發火紅的鳳凰木，卻在無風無雨之夜頹然倒了。執筆之際，工人正用電鋸把它分屍。

抬頭只見慣棲枝頭的小鳥，繞空幾匝，似頓失所依，我淒然。

得陳澤蕾電郵如是說：「樹自然倒下，病也。有生必有滅，雖然現今社會，草木難以化作春泥更護花，但是如果他要休息，我們還是要放手，雀鳥也會再找良木而棲，別讓他走也渾身不自在，彷彿欠了人間孽債，今生努力償還，還是千絲萬縷纏繞不放，多累啊！而且樹倒下沒有傷人，圍欄死物，壓壞了，重建便成。我們記得他在生時為萬物帶來綠意春色，他便雖死猶生。眷戀還是有的，不過萬物興替循環如斯複雜，箇中智慧與道理，我們難以參透，太傷懷，徒傷身體。」畢竟年少志壯，自別有一番生命感念。

窗外忽然空了一大片，風景不再，澤蕾言雖有理，難解傷懷。

二〇一一年七月二日

護樹之情

今年初夏，書房窗外，十分寂寞。年年燦燦紅透的鳳凰樹，去年突然倒塌，如今只剩樓下戶主情深保住的幾塊由樹工為清除殘體而鋸斷的樹肢。每早外望，總感一片空虛。

空虛，不止是我。常棲息在大樹枝上的紅耳鵯、珠頸斑鳩往往忘記樹已倒了，繞空幾回，尋不着了，才飛遠去。

昨天在藝術館欣賞「有情世界——豐子愷的藝術」的「護生護心專題展」。站在《大樹王》前，難禁悲情。

豐先生畫一巨樹，樹下有人拿鋸。圖與題，沒表出甚麼含意。緊要處在弘一法師書法抄下袁枚《隨園詩話》一首詩：「遙知此去棟梁材，無復清陰覆綠苔，只恐月明秋夜冷，誤他千歲鶴歸來。」僅四句話，樹王心底情切，表露無遺。

大樹深知難逃刀鋸，自我安慰他日可能成棟成梁，這算不了甚麼，千絲萬縷苦苦難忘的是從今後樹下綠苔失蔭，最淒涼是與己有約千年的鶴，一旦歸來踐約，我不在了，鶴在月明秋夜，冷冷苦立中宵。好一個冷字，再一個誤字，真箇情意千迴百轉。

那鳳凰木，今年不知記掛着朝晚來歸的雀鳥否？

我念頭一轉，想到今日眾多環保護樹人，多從理出發，講許多硬道理。弘一法師、豐子愷護生從情出發，道出軟柔之情。兩者都重要。許多護樹人如樹博士詹志勇等，他們辛苦行走各區，細編樹木身世，呼喚珍視樹木。他們在說道理之前，其實也是有情人。面對那些無知無情的伐樹者，他們必須情理具備，硬軟兼施，方可攻其功利與愚蒙之心。

二〇一二年六月二日

路過江南

江楓未醉，銀杏未黃，江南全無秋色。已經深秋，園林卻綠葉盈枝，才醒覺如今氣候異化，四季亂序了。

遊人如鯽，如蟻附羶，這樣形容早已過時。鯽與蟻，除了數目還可數外，可貴處就是並無聲響。但人呢，卻是會發出極吵耳聲浪，他們用吵嚷聲攻陷所到園林景點，使無辜夾在其中的人，頭昏腦脹。

古人漫步於山間林野，能淺斟低唱，能文思翱翔，只因一個靜字。靜觀、靜思、靜聽……悠悠然便與天地相接，豁然便見生機。可惜，現代中國人太愛熱鬧，城中吵慣了，山間吵，水邊吵，一切以嘴巴主導。我們愛靜，只有偏向遊人少處行。在天平山下，十月了，還不見「醉看楓林秋意濃，誰染天平漫山紅」，不與大隊人馬爭路上山，躲到無名的小徑間閒蕩，反樂得清靜，偶然還可聽到鳥鳴，稍稍適意。

在大名遠播或力爭晉級的水鄉中走動，我竟動淒然之感。該為本無人知的鄉鎮昌盛繁榮而高興？烏鎮一人家，九十二歲的老大娘，正在埋頭炒野菜，飯香陣陣，我在門外看，她抬起頭來，我為自己的打擾道歉。她善意微笑說：「慣了。沒辦法。」這有多無奈？平淡村居，忽然遇上遊人隊隊，指指點點，是真的打擾了。但村鎮賺了錢，改善村民生活條件，又該可喜可賀。保留舊貌，還是另建新築，矛盾重重。遊人如我，難置一詞。

傍水人家，該還它一派恬靜。我相信江南好風光仍存，我們不趁熱門景點，去訪無名的村，去走偏僻棧道，只要體力可支，不嫌衛生差，總能享受詩畫之美。

二〇〇七年十二月二日

先開嶺上梅

忘記了何時許願：春到梅關，以賞早梅。讀屈大均《廣東新語》，「梅花惟嶺南最早。冬至雷動地中，則梅開地上。」「廣中梅於一之日已花，二之日成子，得春獨早，故群卉資之以為始。」深信粵梅早得天地陽氣，正合梅花特性。

到梅關，漫步石卵山徑，但見兩旁遍植不同品種梅樹，疏密有致，也未成林。這與南京梅花山大異，才悟出在南京觀梅，何故總覺欠了些甚麼的原因。南京以梅花研究所為主地，遍山梅林，宛如梅花市集，四面無山景配襯，委屈了清雅獨幽之性。早上人稀，暫駐足寒梅下，細看枝頭，果然明白梅之四貴：「貴稀不貴密。貴老不貴嫩。貴瘦不貴肥。貴含不貴開。」真是賞梅要訣。今回更悟觀梅應也觀枝，枝幹堅曲有度，如附有綠苔，蒼勁與梅瓣柔薄透光的淺瘦相配，加上枝梢閃亮的露珠，真箇天成畫圖。微風吹過，偶送幽香——暗香浮動，巧妙在一暗字，梅香非一般凡俗氣味，你要聞未必可以聞得到，隱約就是含蓄。我走得慢，落後了，但迎了一陣梅香，似慰探梅人。

步過梅關，遂一腳跨兩省，進了江西庾嶺。沿路下山，此處風景，與粵北大不同。山坡既有梅林，又植翠竹，這種竹應是毛竹，高柔軟，風搖有姿，與梅相配，正合入畫。庾嶺梅花，比粵北稠密，由於多在遠處，特別在山谷下，遙看只見淡淡梅紅，雖然不稀，也不落俗。

梅，自有文化象徵，林和靖的梅妻、歲寒三友，都影響深遠。至於「失梅用桃代」，這藉口未免輕佻，路旁豎「折梅重罰」警告，畢竟幽了唐滌生「折梅巧遇」一默。

二〇〇八年二月三日

漱玉

我不是要說李清照的詞，而是講一隻幽雅得令我有點着迷的金毛尋回犬。牠就叫漱玉。

主人有家教，又細意為牠梳理全身淡黃而纖幼的毛，牠的舉止極有規矩——到我家來，主人告訴牠不准踏入廚房、睡房，牠就乖乖的只待在客廳，絕不越境。只是最近一次例外的衝動，因很久沒見，一見就撲向我，提起前腿，搭着我肩，朝我嘴吻了一下，倒嚇了我一驚。牠的毛色深淺層次均勻，柔滑如一匹純羊毛氈——咦，把狗毛比作羊毛，對牠有無不敬呢？我喜歡順着頭一直摸到尾，牠舒服得抬起頭瞇了眼，坐着動也不動，好享受的樣子。

牠是情緒十分顯明的狗。開心時除了大尾搖動外，還會咧開嘴笑，真的笑，我拍了幾張照片，都在笑。但也會憂鬱。那天，牠本來正高興跑來跑去，忘了甚麼原因，我問起主人，多少錢買牠。主人說三千多塊錢。我衝口而出：「吓！乜咁平？」主人正交代牠的身世，忽然發現牠躲趴在桌下，頭壓在雙手上，偶爾抬起頭來，眼角低垂地看看我們。原來，從小，牠原主人把牠賤賣了，牠記得三千多元這數字，每逢主人提及，牠就不高興。最初，我不大相信，等牠興高采烈的時候，突然提起牠的身價，牠果真立刻垂下頭來，靜靜趴下。雖然我不該如此試驗，殘忍了點，但從牠憂鬱眼神中，足見牠聽得懂、記得住曾為人所棄的身世。

兒時家裏也養過唐狗，名叫喜兒。據父母親說牠對人不瞅不睬，只對我卻萬分呵護，永遠圍團在我身旁，陌生人走近，就咧齒低吼。我不足一歲，牠病逝了，故對牠印象全無。

漱玉，是令我差點想養一隻這樣子的狗。

二〇一〇年二月二十七日

有情天地

鍾靜怡

二〇一八年颱風山竹襲港，風暴過後，大家忙於關注經濟損失、人命傷亡，當市區的塌樹清理妥當，大眾的生活回復正常時，人們便把山竹帶來的影響淡忘。然而數月以後，我跟友人遠足，看到不少山徑上躺卧着大大小小的塌樹時，心裏不禁隱隱作痛，除卻心痛那些曾為山野帶來綠意盎然的樹木，因天有不測之風雲而無辜喪命；更感慨它們曾經為人們遮風擋雨，如今卻靜靜地死去而鮮有大眾關心。的確，平日行色匆匆的我們，也許很久沒有留意四季的花開花落，更難以跟大自然有緊密連繫。透過記述生活片段，小思老師帶出她對大自然的欣賞之情，與此同時反思城市發展與大自然的平衡，字裏行間無不反映她對大自然的愛護之情。

小思老師提醒我們只要細心觀察，到處是大自然的意趣、生活的美感。在〈別有纏綿水石間〉一文中，她藉着描述港灣道小公園的生硬設計，反襯中大校園天人合一與自然融合。前者以假山堆砌成園林之景，有明顯的人工痕迹；後者則能把眼前的池水與吐露港的海景融為一體，人站在池邊，宛在水中央，實在是生活的雅趣。所謂「若無閒事掛心頭，便是人間好時節」，她在〈深秋未圓湖〉描寫在未圓湖畔散步的見聞，池邊的夜鷺沒貫徹捕魚本性，反而跟紅魚融洽共處，令她感到一片和平。看似平凡的養德池，小思老師認為取名甚有文化意涵，因為蓄養品德正與崇基書院「陶鑄人群」的信念呼應。這些稍不留神便會忽略的意趣與風景，所以能夠全收眼底，只因她有敏銳的觀察力，時刻留意身邊的花鳥蟲魚，難怪能隨寫隨感，並且一步一風光。

大自然不僅是小思老師欣賞的藝術品，更是她關心與愛護的對象。發展急速的香港，無時無刻都大興土木，她感慨每棟建築物的落成，往往埋葬了無數動植物寶貴的生命，令人難過之餘也帶出現代人應有的反思：保育與發展該如何取得平衡，以減少對大自然的傷害？在〈相思何寄〉和〈雨燕啁啾〉中，小思老師提及中大校園因着新建築物的落成，令植根多年的相思樹被砍，她把自己對樹木被砍的傷感，寄託在相思樹上，故此由年輪上的濕氣想到淚痕，深化了當中的悲慟之情，亦令人、樹之間彷彿有所交流。至於雨燕同為發展下的受害者，因着圖書館的擴建工程，不少雨燕流離失所，儘管有心人為牠們建造假巢，但卻有別於真的燕巢；她並沒有直接批判發展帶來的弊處，反而把燕子當成有情的人，設身處地想像牠們得悉家園被毀的驚詫，這種同理心正正反映作者視大自然為有情之物，處處流露她對動植物的珍愛。

小思老師憐惜的尚有高聳火紅的木棉花，在〈春色初來〉、〈英雄失色〉及〈北人無路望朱顏〉三篇文章中，為了形容木棉的美麗，她引用學者如屈大均的詩句，突出文人雅士眼中木棉的豔麗奪目。小思老師巧妙地運用木棉樹的別稱——英雄樹，把木棉當作英雄來寫，原本為香港帶來英雄氣概的它聳立在路旁，卻因為生長環境受破壞而枯萎；因有機會引起花粉症而被砍伐，她不禁痛心疾首，更把木棉樹生活在不適合它的香港，形容為英雄不識時務，故此失色、憔悴——可以說是英雄無用武之地。可見，只要用心體會，視大自然為有情之物，不但能培養生活的美感，更能累積豐富的寫作素材，引發更多的感悟，說不定你遍尋不獲的靈感之鳥，就正好在你仰望的天空中飛翔。

鍾靜怡，九十後中學老師。香港中文大學中文系文學士及文學碩士。喜歡閱讀、享受旅遊與美食，認為最美好的時光是在旅途上邊吃邊寫。

萬物靜觀皆自得——生活態度

閒來無事不從容，睡覺東窗日已紅；萬物靜觀皆自得，四時佳興與人同。
道通天地有形外，思入風雲變態中；富貴不淫貧賤樂，男兒到此是豪雄。

——程顥〈秋日偶成〉

靜觀與自得

忘記站在鵝頸橋的白粥油器店前有多久了。一個學生經過，大概見我呆呆站着，好奇的上前招呼：「老師，您在看甚麼？要幫忙嗎？」我回答的話，恐怕她會以為我傻了：「我看那人整鹹煎餅。」我很久沒見人那麼細意擀麪做油器了。中年婦人站在油鑊前，在大木板上，一下一下把夾鹹味的麪層攤好，像陶塑家手勢，不匆忙，不大意，整完一個又一個，她的專注不像一般做買賣的、只講應付交差的世代，這個市井風景，實在太吸引了。

喜歡獨個兒逛街有原因，碰上獨特的人與事，可以駐足靜觀，不必理會同行者有無興趣。有事無事看上半天，多有所感。讀程顥的〈秋日偶成〉：「閒來無事不從容，睡覺東窗日已紅；萬物靜觀皆自得，四時佳興與人同。道通天地有形外，思入風雲變態中；富貴不淫貧賤樂，男兒到此是豪雄。」不用理會最後四句那沉重意思，倒愛頷聯兩句。

「萬物靜觀皆自得」，靜觀，要用心要用情，不旁騖，細看了，總有得。自得，重要在個「自」字。不是別人強加，發自個人感受，一時滿心都是。「四時佳興與人同」，是不是「佳」沒關係，有時觀及不佳情景，也生感觸。多走幾步，就見橋底打小人。神婆以鞋打代表對頭人的紙張，講盡咒詛話，這絕非佳興，但想想年輕女子，竟有那麼多怨氣，自己不揚眉，卻用錢找人代為出氣，也算心理治療一種。講究科技昌明的今天，仍求冥冥巽力，值得思考，不知與人同否？

人多匆匆，漠視身邊情景，難有自得。按動手機或電腦鍵鈕，閃動畫面，瞬間即逝，如何靜觀？我獨自觀看，是有點傻。

二〇一一年二月二十日

繪圖與攝影

照相的人，用的幾乎百分之九十九是日本出產的攝影機，但日本人卻相當喜歡拿筆在繪圖冊上塗塗抹抹，許多日本人愛用草圖幫助記憶。

在郊外、動植物園、博物館……常見大人小孩在繪畫。我曾好奇問一位老師，學生出外見學旅行，為甚麼都在繪圖而不大利用攝影。老師說，人為了繪圖準確，必須細意觀察，只有細意觀察，對事物才會留下深刻印象。攝影，按一下鈕就把對象留住，很容易養成依賴照相機、自己卻過目即忘的習慣。這說法真有道理，使我想起旅行時，拍下無數照片，等到回家一看，發現去過的地方，好像從沒去看過似的，幸而還有文字紀錄提醒，否則盡是過眼雲煙。

近年在香港購得兩套書，足能證實日本人的繪圖本領。一種是妹尾河童的繪本，自《河童旅行素描本》開始，一直到《窺看歐洲》、《窺看印度》、《廁所大不同》等，他用最微觀細繪事物，用俯瞰式像蒼蠅停在天花板上往下觀察的角度繪建築，教導了讀者轉換視角，有趣得很。另一種是老京都人壽岳章子寫的京都生活、景物回憶：《千年繁華——京都的街巷人生》和《喜樂京都》。老人家款款情深縷述幾十年來京都的人文風景，最可喜的是書中全用了民生風情畫能手澤田重隆的細筆繪本，那種樸素感情，令京都生命超越時空，凝聚纏綿。

如果香港有這種畫家，能為每條街道留形，再配老街坊深情文字，相信比老照片更感人。

二〇〇五年十一月十一日

睜開眼睛，看世界！

今天的孩子，打開電腦，閃、閃、閃，飛快自光聲影中，接受信息，輕易又不必用腦聯想。大人說：他們的資訊真豐富！

他們幸福麼？我不敢說不，但細察他們與閃過信息的關係，在生命中會產生甚麼連繫和影響，我只怕光影閃動得太急，如風吹草動，過後便不留痕迹。

生命中，良好信息不留痕，你說幸福不幸福？

思索答案當下，我想起自己少年時期的「幸福」。

那時候，沒有唾手可得的電子資訊，沒有如意可獲的玩具，對身外世界一無所知，四五十年代，香港，一個貧乏的生活環境。但我們仍可在少得可憐的文字閱讀中，睜開眼睛，看世界。看《神探福爾摩斯》，學懂了觀人之術，福爾摩斯看人的鞋子就測出他走過的路和個性，到今天，我看人也先看鞋。

讀《小人國遊記》，我用兩個小玻璃藥瓶，當成一男一女，構成我的縮型國故事，也奠定日後喜歡微型東西嗜好。《八十日環遊世界》，在未讀世界地理前，讓我知道有許多國度如此有趣，決心日後去親歷一下。

鍾曉陽在演講中，說讀的第一首詩，是在姊姊教科書上，朱自清〈春〉的註釋，引用了的「吹面不寒楊柳風」，就深深體察了美感，豐富了聯想。背誦唐詩宋詞，詩詞，超越了現實生活，進入古典世界，融入生命。

打開電腦網頁，閃動的是虛擬世界。打開書本，接觸的是真實生命的思維紀錄。

也許，在那裏，要慢慢走，睜開眼睛，讓自己與世界連成一體。

二〇〇八年九月七日

觀察無力

張愛玲乘船經日本神戶，為了「說不定將來又會需要寫日本作背景的小說或戲，我又那樣拘泥，沒親眼看見的，寫到就心虛，還是去看看」。她那看看，就是觀察，進小賭場，連女職員「嘴一動一動嚼着口香糖」都看在眼內。歷來講寫作課的人，首要教觀察。這能力，強弱因人而異，但仍可培養而得。

不寫作的人，也要觀察力，洞察人與物，畢竟可以豐富自己生命，甚麼時候可用得着，不必計較。可是香港人太匆忙，似乎觀察無力的多。

有一回我到金鐘道政府合署講課，聽眾都是天天在那裏上班的人。我舉例講到在合署與高等法院之間的過道上，放了一條古舊石橫樑，上刻「蟠龍里」三字，問他們看到沒有。竟然大部分說沒看到，看到的也沒去查問那是甚麼東西。本來，看見與否，跟生活毫無關係，但天天路過，怎會對這與新建築有點格格不入的舊物，一點好奇也沒有？難為設計師當初用心良苦，為太古廣場一帶，留下這塊舊石，作前世今生之證。

銅鑼灣中央圖書館前，有兩道褐紅色雲石梯階，每一梯級都刻了中外古今文化名人的雋語，杜甫、韓愈、朱熹、蔡元培、胡適、魯迅、冰心、歌德等等。也許只怪那些刻字過於朦朧，顏色不顯，不在意是看不見的。我問許多常去圖書館的人，多說沒留意有字刻在那裏。雋語多好，沒入眼沒入心，有何作用？

尖沙咀地鐵站四通八達，為方便人流，幾條主道都設「↑」「×」燈號，指示行走方向，可是幾多人視若無睹，逆向的不少。好奇、八卦，都應與觀察有關，深究起來，卻相差太大。可惜八卦人多，觀察有力人少。

二〇一〇年九月四日

眉下的一副別眼

愛好旅遊的人，大抵可分成兩大類型。一類出發前仔細翻查目的地資料，一切山水名勝、吃喝玩樂，通通不放過。一類是閒雲野鶴，如懶散人，隨遇而安。我好旅遊，年輕時，未流行自由行、背包客，且限於時間不多，只得跟團，任人安排，按行程表趕着流水跑。但也爭取某些縫隙離團逛些小街窄巷、庶民市集，或乘坐一趟當地公車。

林語堂在《生活的藝術》一書中說：「預定旅程的旅遊，猶如刻板地上課。真正的旅遊是忘其身之所在，忘其本來面目，沒有任何目的。……真正的旅行家必定是個流浪者。」他引金聖歎評《西廂記》的話：「胸中的一副別才，眉下的一副別眼。」我想所謂別眼，就正是他嚮往的「觀虛無」：「特地去看某景，反而看不到甚麼景，觀虛無反倒能看到許多事物。」我在京都住了一年，儘管心中有川端康成《古都》一年四季的風景在，可是畢竟沒有如今的詳細資訊可稽，連好的地圖也沒一張，只好順着書中所述名所、節日而行，就這樣遂成就了一副別眼。

例如本想去西陣看和服，到門前才知道入場券很貴，窮學生應付不來，就在周圍閒蕩。誰料轉入小巷，竟聽到從來未聽過的一種聲響，在矮簷下，木窗內傳出，探頭一觀，有老婦人在屋內低頭織布。「唧唧復唧唧，木蘭當戶織」的機杼聲，原來隔了千年，我在東洋小巷初聽。那一初遇驚喜，非同小可。

別眼必須有靜心、閒情。匆匆趕路，或瘋狂玩樂，吵鬧妄動，都難具一副別眼，宜珍惜。

二〇一三年八月三日

靜觀自在

連續幾天公眾假期，市面交通人流竟然流暢淡靜，真是外遊人多造成的局面？不必追究，反正留港消費，好個名堂。

本土也有好去處，帶個心去，靜觀無罣礙，一切自在。

赤柱市場道旁邊，新建了一幢市政大廈，也是赤柱體育館所在。這建築物設計非一般常見市政大樓，型格太像安藤忠雄的作品了。線條簡潔純淨，混凝土架構與玻璃窗框配合得宜，中庭一樹與圍牆，同受陽光。天台有連廊相通，步下梯級，可回返中庭。我去的那天，見一家三口，各自坐在天台木條櫈上閱讀，與樓外商業大街的熙來攘往毫不相干，好一幅和煦家庭合照，我在旁細看，意亦悠然。

鑽石山人口密集處，藏南蓮園池，又是一番出人意表的雅意。進得園來，足見設計者苦心所在，盡收我國古代庭園特色於園中，縮龍成寸，而不覺侷促，委實可貴。單是那木化石組群，木石生命相結於千秋萬世之前，每一紋理都可訴說永恆故事。那天傍晚，微雨人稀，步移景轉，一心如洗。

中文大學山頂，新亞書院校園內，那一方天人合一亭畔池塘，一鑑開光，人在其中，與天地相通，也多感悟。

香港也有留人處，只是人在其中，必須靜觀，靜，才能參透，才生自在。

二〇〇七年四月二十九日

得一靜字

己丑春來，隨友人上嘉道理農場觀音山。

憑欄望隔山，竟見山嵐盈目。香港難得有這樣的山氣，我曾想用文字描述「嵐」繞繚着山是怎樣顏色，都覺詞窮。且借納蘭容若題寫美人圖兩句：「就中真色圖難就，最是春山兩筆難」，來曲寫山嵐之難，也是一法。

轉一彎路，只見山石上題一大大靜字，立刻把我們幾人話語止住。這一靜字，如當頭棒喝，醒悟自己剛才見了嵐，發出了的驚歎聲，是擾人噪音。

靜觀靜思，幾乎與香港人絕緣，要題大大一字，才止得住，想來慚愧。

記得去香港藝術館看「尋找麥顯揚」，除了能系統地再接近賞覽麥顯揚作品外，竟意外也得一靜字。在馮明秋的裝置藝術中，我進入無光室裏，沒按指示打開手電筒，看藝術家要我看牆上的字。獨守在空洞洞黑而高的空間中央，四周沒人，聽到間歇傳來水滴聲，一室寂寥，那滴響如靈音敲徹，顯出人間寧靜。

中國古代本也最懂靜之道：「蟬噪林逾靜，鳥鳴山更幽」，正深得靜趣。但惜人聲愈來愈吵，反在日本文化中，尋得靜字之秘。他們巧妙造作——是「造作」，以人工假作天工。其一是常見於庭園中的「添水」又稱「驚鹿」：把流水注入中空竹筒中，待竹筒水滿了，就傾敲在青石上，發出清晰響聲。竹石相擊之聲，使園裏空氣迴蕩，靜字便成。另一是「水琴窟」，以科技把滴入深井中的水聲錄音，製成光碟，人們買回家中，靜坐室中，播放水滴聲，以啟迪神思，洗去一日雜念。

噪躁同源，城市人難求一靜，有幸得之，理該珍惜。

二〇〇九年二月七日

簡化人生

都市人懂得簡化人生嗎？工作忙碌過後，去打麻雀、去酒吧、去唱K……在仍然用腦、仍然喧囂的情況下，「靜」下來，這叫簡化？

我實在忍不住要抄一大段鮑慧兒在《信報》寫〈你們有手錶，我們有時間〉的文字。她一位朋友訪問了非洲Touareg族的新聞從業員。這個土人長住沙漠，從都市學成回家，他有這些想法。

訪問者問：「告訴我在沙漠裏你感到深層喜悅的一刻。」土人答：「這每一天都有。太陽西沉前的兩小時，熱力減退了，但空氣仍未冷。男人與動物慢慢的回到村裏，他們的側影畫在粉紅色、紅色、黃色、綠色的天空中。」「這是神妙的一刻！我們走進帳棚裏燒茶。大家坐在沉默裏聽着那水慢慢的燒開。我們沉浸在平靜中，心跳隨開水的韻律起伏：波踏，波踏，波踏。」都市人讀了以上的話，一定有許多看法：他們缺乏物質享受、他們不知道文明能帶來豐盛娛樂，只好「享受」這種空白了！

也許他們有自信的道理。在空調恆溫中，都市人無法得知熱已退仍未冷的天然享受。

在層疊建築物困處中，未必看過日落餘暉的多彩天邊。在人際疏離的情感中，難有遙盼親人回家的美麗圖像。他們擁有太多，卻「稠密」得沒透氣空間。他們認為人家是「空白」，其實是「留白」。

「留白」是一種極重要的人生美學！

我們習慣，誤以為「稠密」就是「豐盛」。黃賓虹說：「看畫，不但要看畫之實處，還要看畫之空白處。」如果理解「留白」，從中靜觀，自可尋得無限愉悅。

簡化不等於單薄，靜聽一下水燒開了的聲音，盈眸天空雲變，也許，人生有些不同。

二〇〇九年十月二十五日

難得如此閒

金風送爽。經歷幾個月翳熱沉鬱，香港天氣，忽然涼下來，當真才確認了金風送爽這四字的點題之妙。

交易廣場中庭外邊，有半畝空間，擺着桌椅，平日上班時間，沒幾個人。吸煙區，幾個偷閒白領在那兒抽一口煙、喝一杯咖啡，畢竟「偷」來的時間，匆匆完事，見不得閒。

我閒，與前輩約會，竟早到一個小時，真得閒！跟我一樣得閒的一位女子，坐在日照不到的一角，似乎在看書。我選了個面海位置——算是面海吧，廈與廈間狹窄如巷，僅可以容下天星航道畫出水線的視野。我甚麼都不做，只看着日影移動和……四周巨廈，切割天空成了塊狀。我抬起頭，正前面的國際金融中心，整排建築物後是難得多見的晴空。每幾分鐘就有飛機自西向東飛，我第一回見到飛機快接近IFC，太像九一一驚魂一刹那，差點叫出來。等到它橫過了，自大廈另一頭出現，方知視線騙了我。天空白雲，自東向西飄移，想起蕭紅的〈火燒雲〉。香港人大概不作興看雲，也沒耐性讀描寫文，口頭用得最多「一嚿雲」，幾乎言盡了。風大，雲飛得快，全集在島上，對岸竟沒一片。蒼鷹盤旋，香港上空一景。兩隻以滑翔姿態，與巨廈玻璃幕牆上的自己照影痴纏。我好奇，此時某塊玻璃後邊，有沒有一個站在窗前的人，跟飛近的鷹打個招呼？日照當中，十二點鐘，井底也該見陽光了，有點曬，我挪移一下坐姿，發現背後遠處，坐了一對男女，正把膠袋打開，拿出三個塑膠盒子，在開午餐。

離開這人地兩閒的半畝地，玻璃門一轉，進入正宗的繁華地。

一個鐘頭，難得如此閒！

二〇〇九年十一月二十二日

慢活

慢活，是本外國談生活哲學書的中文譯名，我借來一用。

近年，科技一日億里急劇發展，人活在其中簡直疲於奔命。本已匆匆，更加匆匆，別說如何細品人生，就連周遭景象，也難多看一眼。有學者開始感悟到這過快的活，並不快活，應該設法放慢生活節奏，重新體認細緻的活，以求其樂。歐陽應霽就是推行者之一。

為了適應快速時代，慢就會落伍，現代人不應落伍，是條大道理。可是，快，過了頭，也會錯失許多認識深層人生的機會。

早在三十年代初，朱光潛先生就提倡「人生的藝術化」。他寫了〈慢慢走，欣賞啊！〉。事緣他經阿爾卑斯山谷的路上，看見一個標語牌，上寫「慢慢走，欣賞啊！」

他反省着說：「你是否知道生活，就看你對於許多事物能否欣賞。」「欣賞生活」，也應是創造藝術的一條門徑，人生有苦有樂，走過時持甚麼態度，直接影響我們的心靈活動。可能有人說：「我的生活已經夠苦了，還講甚麼欣賞？說甚麼藝術？」當然，尚未溫飽的人，也難怪他匆匆奔命，但香港有許多人溫飽了，仍失去生活趣味。天天匆匆過着單一而枯燥的生活，失去對生命、自然界的欣賞熱忱。

朱光潛感嘆許多人：「無暇一回首流連風景，於是這豐富華麗的世界便成為一個了無生趣的囚牢。」

人連去享受人生時都分秒必爭，甚麼都錯失了，我想慢活，是正確的。

二〇〇六年七月六日

且慢

隨團在外旅遊，儘管多匆忙，只要有自由行動時間，朋友會發現我喜歡漫步流連在一條小街上，甚至只停在一家小店裏摸摸挪挪，而不是匆匆走完，在許多人看來，實屬浪費。

我在香港行街、泡咖啡室也如是的慢，想來這是小時候，隨父親行街、跟母親飲下午茶所養成的習慣。

父親工作，十分講究效率，我要看準他的動作來配合，例如見他取釘子，我立刻要遞上槌，慢一點就給他責罵。可是，他玩樂時刻，特別在街上蹓躂，總慢吞吞負手而行，眼光往往留駐在兩旁事物上。我怕他罵「行咁快做乜」，永遠與他平排而行，他細看甚麼，我也仔細看。母親工作更講條理，甚至訂定一天的時間表，我得按時完成。只有跟朋友下午茶閒聊，她的悠閒緩慢卻不計時。記得她把熱鮮奶——喝咖啡或紅茶配熱鮮奶，是母親指定飲法，悠悠注入咖啡杯中，下兩小匙糖，再用銀匙緩緩攪動的手勢，與她在廚房烹調的爽快，完全兩回事。最初，大人談天，我聽得懂的不多，埋頭喝茶消磨時間，很快就把茶喝光。母親就會說：「且慢！」以後，我學會了慢慢喝，無事可為，就留心聆聽大人話題，觀察四周茶客姿態，再往後，母親也讓我帶書去看。

速緩分配得好，足夠構成一種合理的生活節奏。永遠匆忙，令我們的心神無法留駐。沒有留白的人生，就沒有自由空間。

且慢！

二〇〇六年七月七日

身體躁動

香港人喜歡旅行，但方式卻十分奇特。自嘲為「鴨仔」團，足見也有自知之明。不知道是出於旅行社的設計，還是參加者「不肯蝕底」心理，抑或互為影響關係，行程之匆忙，簡直如電光石火，可以說過處不留痕。別說令人有感有思了，有些人除了重溫所拍照片外，根本記不起到過甚麼地方。最近幾年，更流行「玩轉」這一宣傳口號，我實在不明白，為甚麼到異地旅行，要「玩轉」人家？電視廣告片中，但見少男少女，在景點瘋狂地亂跑亂跳，那只能稱為身體躁動，怎算是旅行？

日本人也愛旅行，他們對旅行的要求卻很嚴格。要到某地方去，事前與旅行社必妥為商議，選取適合自己意趣的行程。他們的旅行特色是：細和慢。細緻地、慢慢地觀察、深切地感受，故又可稱為「見學旅行」。日本人流行文化散步、文學散步、歷史散步、哲學散步。散步的精神很重要，盡量讓肢體鬆弛下來，讓心神空間擴大，才可以跟當地情景接合，然後進入所喜主題。

最近，許多香港人開始厭倦，或者該說討厭了鴨仔團式的旅行，旅行社就設計了自由行、主題旅程如攝影團，廣告也宣傳了「深度」遊，證明終於有人抗拒身體躁動的所謂旅行形式了。

二〇〇五年八月五日

靜觀，尋回失去的風景

李紹基

靜觀，就是靜心觀察之意，靜觀也是創作之本，但小思老師更強調，那亦是參透人生自在之方。本專題內的文章內容，本是各自成篇，但當中的思想，其實互相呼應，是小思老師對靜觀思想的具體呈現，是一個豐富的思想體系，因此如能貫串來看，會看得更完整。

小思老師所說的靜觀，本質上帶着禪意，它本身就是修習佛學時的一個課題。但是，小思老師並不單從宗教理念去詮釋其義。她指出的靜觀，是我們要從人群的普遍看法中抽離，才去觀察，但這看法又不至於如佛教的超然物外，因為她對事物仍懷有很深的熱愛之情，所以她最後還是會以她的文字表達對世界的關心。看小思老師的文章，應該先認識豐子愷，因為小思老師受豐子愷影響極深。豐子愷的思想也並不單純出世，而是情感飽滿。他並不從現實世界中完全抽離，其畫意中仍見人情，能體現另一份靠近於儒家精神的人文關懷，這和小思老師的文章意旨是一致的。

〈眉下的一副別眼〉中，小思老師認為人先要懂得觀虛無，才能養成一副別眼。即是我們要以虛空的，沒有預設成見的心去觀察事物，放下執着得失，加上幾分閒情，調和心神，才能培養出與世俗不同的超脫態度。從小思老師的文章中，我們知道細察的事物可以非常尋常，觀石看雲，也可觀照內心，最重要是保持心閒氣靜。小思老師在〈得一靜字〉中，分享自己在暗室中看「尋找麥顯揚」展覽的體驗：「四周沒人，聽到間歇傳來水滴聲，一室寂寥，那滴響如靈音敲徹，顯出人間寧靜。」那反映人要從世俗中抽離，才能重新體察周遭環境，以達致心凝形釋，與萬化冥合。

要拉近人與萬物的步頻，便要學習慢活，〈慢活〉一文教人慢活，那可以令人從匆匆人生釋放出來。看小思老師的文章，其實也應配合閒心，而要有閒心，就更要慢讀，反正小思老師的文章都不長，用字又樸素淺白，觀者何須急躁？我們要靜觀其文，才可以觸類旁通，引發閒想，那亦是小思老師文字中的另一番禪意。

要體會禪意，便要放下手機和成見，以靜謐的心神再觀察世情，那便會發現我們之前擦身而過的事物，都是我們以前錯失的風景。小思老師稱之為：「如電光石火，可以說過處不留痕。」〈觀察無力〉中，小思老師留意到「高等法院旁的蟠龍里」和「中央圖書館前的兩道褪紅色雲石梯階」兩個地方，兩者都被人忽略，甚至被遺忘了，成了人們錯失的風景。

〈靜觀自在〉說「木石生命相結於千秋萬世之前，每一紋理都可訴說永恒故事」，就是提醒我們要靜靜欣賞每件事物的細微之處。〈身體躁動〉亦提出一例，就是日本流行的「見學旅行」，那是日本人對深度旅行所下的定義。要「見學」，當中的要訣是「細和慢」，要慢慢走，才能細看，才能就所見學習事物中道理。

小思老師的文章充滿哲思，一時看不明白，就隨它吧，不用勉強，以後靈機一動，因緣際會，自然能有所體會。誠如〈且慢〉所言：「沒有留白的人生，就沒有自由空間。」留白的思考，是人生的美學，留白反而令我們的人生有容納更多想法的空間。生活有空間，才能靜觀自在，感受到發自內心的愉悅。

李紹基，畢業於香港中文大學中國語言及文學系。現為文學科老師。曾獲中文文學創作獎、青年文學獎和大學文學獎。著有散文集《惡童處》。

故年隨夜盡——文化

故年隨夜盡，初春逐曉生。方驗從軍樂，飲至入西京。

——薛道衡〈歲窮應教詩〉

故年隨夜盡

乙酉將盡，忽然想起小時候，守歲習慣是怎樣養成的。除夕，我最忙碌。

母親恪遵舊俗，子時在家拜神上香。在十一點鐘前，有許多準備工作要做，其中打掃全屋的責任，必由我去承擔，因為大年初一不能掃地，子時前得用掃帚由屋外掃到屋內，清潔一番。神枱上的檀香爐，也由我來砌好燃點——我八九歲就擅長砌點檀香爐，現在恐怕沒有多少人懂得這項手藝工序了。母親常說，守歲不是迷信，是人對天地、時序變化的一種禮儀。上香的時候，仔細思量快將過去的一年裏，自己的一切行為，上達天聽，送舊迎新，以求福祐。壓歲錢放在枕下，不能拆，也表示歲有餘錢，來年不會匱乏。

除夕，父親卻心不在家。由於年宵市場靠近我家，自攤檔搭棚蓋頂之日開始，他就天天去巡看，像他有份兒似的。到了除夕，他更是愈夜愈興奮，幾乎隔一兩個鐘頭就去一趟，每次都把我帶去。那時候，乾貨攤像露市廟會，有許多賣古董舊物的，父親蹲在攤前，東檢西摩，戀戀不捨。他說這與平日逛慣的嚹囉街擺賣的不同，有些破落戶會拿些好東西出來求售，每年他總會買得一兩件小玩意。

踏進子時，母親虔敬上香，香煙裊裊，燈燭燦然，就是一年將盡了。父親還會再去逛年宵，母親永遠是靜靜的坐在神枱前，我也守在她身邊，在外邊爆竹聲喧中，送走故年。

二〇〇六年一月二十七日

年宵新景

每年一趟逛年宵市場，是父親教落的習慣。

從我懂事以來，香港島的年宵就擺在海皮高士打道，由分域街到勳寧道一段。唓！別說我寫錯街名，一出手，你就該知道我生活的年代——四五十年代，叫高士打道，不叫告士打道，最親切叫海皮，因為那是海旁了。勳寧道即今天菲林明道。說父親教落，因記憶中，母親從不去逛年宵，父親卻由人家搭棚開檔開始，天天晚飯後就出動，年卅晚更一天去幾次，真不明白他興致何來。既怕人擠，又沒甚麼好看，我最不想去，可是不由得我不去，去行街，是父親強制逼行的。

忘記了甚麼時候搬到維多利亞公園了，場景改變，攤檔擺賣的東西也漸變於不知不覺間。近年，乾貨攤賣的多是青少年玩意，檔主或售貨員也以青少年為多。自從張五常寫《賣桔者言》後，倡導了經濟學的實踐驗證，強化了中學生及青年親身體驗貿易行為的信念，愈來愈多學校讓學生打正旗號設攤做買賣。

最初，我對讓學生參與生意細務，過早涉及功利，很有保留。但世界情勢真的變了，他們在老師指引下早一些了解社會運作，屬通識教育，比早年硬灌輸經濟理論好得多。青年人把擺攤當遊戲，玩得興奮開心，同時也想盡辦法招徠，體驗蝕賺的悲喜，「錢，原來不易賺」，這也是教育。

今年，我細意逛了一些中學攤位，看學生如何做買賣。我左問右問，男孩子還是好聲好氣交代一番。拿起一小盒子看，女生笑咪咪向我推介：「阿婆，這是鬥獸棋子呀！買副畀個孫玩啦！」我說：「我玩得唔得？」小女孩一點不驚訝，就教我如何老鼠可吃掉大象。

這新景，從前沒有。

二〇一一年二月十三日

獅鼓響

還是父親教落，每逢過年，要看舞獅。

的的兩下敲響起鼓聲，父親就十分興奮，作出打鼓姿勢，他說自己年輕時是學校醒獅隊鼓手。有一年，大概想重溫舊夢，在年宵市場買來小鼓小獅頭，強逼我學舞獅打鼓，故我能雙手舉起獅頭，退後兩步，連連叩首敬禮，可說似模似樣。

開年後，武館獅隊出動，採青祈福，香港商場常見。我年年都會去趁熱鬧。可是，近年愈看愈不是味道。青年鑼鼓手、獅頭獅尾，不知何故，打來舞來多沒神沒氣，收了利是，放下獅頭，閒閒散散走幾步往別家店前，又再舞動幾下，完全不見「聲氣」。所謂「聲氣」，是一種氣勢：鼓手紮起馬步，嚮喝聲由丹田發出，起鼓了，獅王便動身。那種威隨聲發，聲配動靜，看得人格外精神振奮。

人日路經西區警署，廣場上獅鼓響起，我忍不住挪移腳步，走進去看看。五隻醒獅，輝煌神氣，正向台上官紳叩首致敬，鑼鼓也夠威勢，比在商場沿門舞動的好看得多。但，有些甚麼不對勁呢？原來問題來自觀眾。廣場上擺了許多枱櫈，來賓斯文坐着吃喝、談笑，台上官紳坐定前後兩排，也十分斯文，一眾不投入。看舞獅，旁人應起哄、喧鬧，還應有爆竹轟耳，舞獅才顯氣氛。要司儀叫「畀啲掌聲啦！」那算得上熱鬧麼？獅隊採青完畢，隊員執拾架生離開，也人人木無表情，似與現場慶典無關。我不禁細想，從前街頭獅鼓響的情況有何不同。

鄉親父老、街坊鄰里，難得一年一度借着獅威，求平安祈福蔭，大家同樂。舞獅的也屬鄉親年輕力壯者，偶由武館中人擔任，也珍視表演機會。獅鼓響起，一切投情。

二〇一一年二月十九日

賀年

庚寅新歲，我在此賀年，祝大家：一切如意，體康神健。

母親跟許多老輩一樣，很重視過年禮儀。挨年近晚的大掃除，更換神枱、土地、灶君的掛紅參花，老早煮好守歲的拜神齋菜，去觀音廟上頭炷香等等，年年做足。年三十晚，我奉命掃地，必須由外掃向內，意即別把家運掃出門，且要仔細掃，因大年初一不能動帚掃地。母親從小如此教，我長大後，這些禮儀不再做，還是謹記在心，鄭重除舊佈新，心理依然。特別母親教講賀年話，她不讓我講「恭喜發財」，她說人生不能單靠發財，發了財也不等於好，故要我對人說「萬事勝意」、「身壯力健」。這兩句賀年話，極古老，現在好像很少人講了。

賀年卡，近年印刷成品也多樣多元，可是文字還是很一般習用的「恭賀新禧」、

「新年快樂」、「步步高陞」。未有環保意識前，我年年特製賀年卡，請禮平兄代為設計，多具古雅之意，例如浮印漢磚，上寫「永受嘉福」或「安樂」，或浮雕殷代玉兔、配漢銅器上銘文「大吉」二字。現在看來，也很愜意。

從前，年關在即，街頭為人寫字的小檔，就開始代寫揮春、春聯。內容來來去去幾款。近年變化大，可隨人意發揮，也有社會名人為友情為募捐而動筆，賀年語就千變萬化了。從揮春語，足以反映社會人心狀態，甚麼「馬場得意」、「橫財就手」、「股場勝利」。記得多年前，商務印書館門市部試在新年營業，有負責人擔心新年書書聲，人不會進店買書。他們竟想到送揮春，上寫「一本萬利」，一本就有萬利，多好，人人不再顧忌，真是神思妙算。

二〇一〇年二月十四日

拜年

壬辰年至。忽然想起拜年這禮儀，在我已甚生疏。

童年過的農曆新年，是隆重繁瑣。母親執禮甚嚴，從年廿幾就準備一切：打掃祖先神位、為灶君門官土地參花掛紅、蒸糕炸角，每樣都要我做些工作——父母一定要我做些較輕易工作，不能躲懶。還有最重要的是從大年初一起，就會人來人往拜年。先是一家大小齊到堅道大宅向長輩拜年。下午就在家裏等親戚來拜年，初二開年以後，都有朋友來，熱鬧得很。過幾天，母親總會惦念着還有誰未來，因為守禮的人不會不來，不來當有甚麼特別事故。

父母去世後，家中只有卑輩，一切親友都不來了，我也不再去大宅，只循禮向老師拜年。特別是中學大學的老師，我們同學總不忘約好上門執弟子禮。漸漸老師都去世了，我再沒有甚麼長輩要去拜年的了。年復一年，我幾乎忘了要向誰拜年這回事。

正在看一位作家日記，只見他筆下記錄清楚每一年拜年行事，友輩你來我往，執禮如儀。明明大年初一甲先生來家拜年見過了，第二天他還禮又去甲家拜年。平日事忙，難得不為公事碰頭，拜年正好生張熟李見見面。

現在人要見面，不必等到過年，溝通方式多着。有些人甚至避年外遊，免卻交際應酬，我有些年也這樣做。近年，忽然想起，還有幾位認識的長輩，平日只偶爾見面，不敢多打擾，是不是也應該趁過年，去向他們拜年致意。他們是上一代人，大概還會認為卑輩應守拜年禮數。

二〇一二年一月二十一日

迎癸巳靈蛇

我一向怕蛇。牠柔體冷靜，無聲無息，潛藏隱閉，不顯喜怒。這種個性特質，令人防不勝防。但天地萬物，各有本質，只能問造物者何故賦予牠這種造型。牠又位列十二生肖之一，每隔十二年就會遇上，好歹主宰整一年的光景，我還是從牠好處想。

晉傅玄的〈靈蛇銘〉說：「嘉茲靈蛇，斷而能續，飛不須翼，行不假足。上騰霄霧，下游山嶽。進此明珠，預身龍族。」這頌讚與我上段描述幾乎相反。在動物紀錄片中，蛇果然有如此能耐。斷而能續，我未見這景象，但與牠近似的蜥蜴就有斷尾復生的生態。蛇由一樹飛身過樹的鏡頭，是常見，南方有過樹榕，又稱過樹蛇，無翼能飛，大概就指這特色。牠無足卻能蜿蜒疾走，更是慣見。上天下地，無處不在，那當然是。歷史告訴我們，龍蛇同是一族，今天不見的龍，有說就是蛇的前身。由此可見蛇的生存能力極強，儘管無強悍姿勢，往往柔弱躲閃，應付敵人。其實，生存之道，不在狂吼露齒，不在體型巨大，而在於柔與潛。

《山海經》說：「巴蛇食象，三歲而出其骨。」本來，諺語「人心不足蛇吞象」，諷指貪婪之心，不自量力，以小吃大。但從《山海經》所記則見靈蛇吞象，牠有本事用三年時間來消化象肉，變成自己的營養素。可見靈蛇體積雖小，內化之功卻足消融象肉，而且三年的忍耐，確實可貴。

蛇比龍實存至今天，乃因能保存其天賦特質。

歲逢癸巳，生肖屬蛇，取古人言，另作解讀，為香港祝勉。

二〇一三年二月九日

熱街隨喜

好風和暢，立春後，我們沿林村河，從太和走到大埔，由林梢鳥鳴婉轉，走入人情溫厚的「熱街」：仁興街、富善街，一路走來，本是農村的街名，就是宅心仁厚風格，瀰漫人情溫熱。

橋頭有阿婆擺的不是攤的攤——幾個紅膠袋、兩張舊報紙。承着小紅蘿蔔、小黃薑，抬起頭來向路人說，「我自己種」，毫不誇耀，卻自信得很。街轉角處，一家小店，玉姐一人作主，賣的是食材乾貨藥料。冬菇有好多種，我沒見過那麼小型的菇，隨手拿起來嗅嗅，咦？香得很。玉姐走過來，爽朗熟稔如早已相識，為我們上了一堂各種菇類藥材課，還逐一教授如何發水如何煮。我忍不住要買小菇，「唔好買咁多住，食過先啦！」說話的是賣者，不是買者。

富善街，幾十年前行過，記得多是低矮小屋，我還站在一店門口看人打棉胎。如今全是新建多層大廈，可是攤檔都佈在門外，還是當年舊街風景，人氣鼎盛，置身其中，感覺好熱，真是一條熱街。快過年，賣年貨自然成主角，但我卻買了一個二十塊錢的塑料手錶。我付款時，老攤主笑得燦爛說了一句：「哈！你好開心喎。」我並不明白他何故會如此反應。有許多貨品都標着名稱：牛大力、魚腥草、地老鼠、枸杞頭……是生草藥，樣子名字都怪異。紅肉泥藕、火山粉葛、冬薑、大薑……不是看圖識字，是名物相配。過客會細問物品特點，店家會詳說根由，彷彿一場豐盛通識課。這才是人間，這才是民生，這才是地標。我隨喜賀年。

二〇一三年二月十日

中秋憶舊

近年香港月餅，弄得五花八門，對我卻毫無吸引力。路過連鎖餅店，千篇一律的裝飾，使我忽然想起舊時中秋。

四五十年代，兒時的我們着實窮得很，娛樂消費節目少，中秋節，家裏也不作興擔枱擔櫈上天台賞月的玩意。可是我們仍盼望中秋節，因為不同的餅鋪有不同的裝飾可看。

當年較大的餅鋪為了吸引顧客，中秋節前，會在店前騎樓底裝上一座木框，裏面擺設立體佈景及小木偶，小木偶底部用機械連住，開啟了電力，木偶就會動起來。每年這台木偶戲都有不同主題，三英戰呂布、嫦娥奔月、呂布與貂蟬、桃園結義等等故事。現在回想起來，那些重複又重複的機械式移動，其實沒有甚麼好看，可是，每年總吸引了街坊駐足，抬頭細看。灣仔軒尼詩道上，有幾家餅鋪，中發、紅棉賣西式麪包餅乾，沒擺木偶框，最近我家的是在頤園酒家附近的祥利，就很熱鬧，聚滿孩子，人人看到頸都梗埋。母親在這店供月餅會，到中秋節前，去取月餅幾盒，多用來送禮，自家只留一盒。

祖母愛吃五仁月，故母親必留下那種月餅。

我不喜歡吃又甜又多硬果仁的東西，倒愛隨餅附送的豬仔籃。用小竹籠裝着一隻餅型小豬，其實也不怎樣好吃，只是有零食吃吃，小孩子就滿意。沒注意現在還有沒有這種小吃，那天聽見友人說要去買豬仔籃給子女吃，我才知道如今這小吃尚存，讓充滿懷舊心情的父親，買來給下一代吃。至於今天的小孩子喜歡吃否，那已經不重要，父親的童年記憶與對傳統節日感情，憑着豬仔籃，傳到孩子心中了。

好，等我也去買一隻豬仔籃。

二〇〇九年十月四日

江月年年望相似

報上說今年中秋夜，七點十三分月最滿最亮。

科技奇妙，智能手機一按，今年竟人人攝得滿月，與友共享。七點十三分過後，我的手機紛紛響起。此時我正靜坐半山，舉頭望明月。難得萬里無雲，人聲寂寂，想及手機另一端的各朋友，大抵正人月雙圓。

張若虛〈春江花月夜〉中：「江畔何人初見月？江月何年初照人？人生代代無窮已，江月年年望相似。不知江月待何人，但見長江送流水。」描繪了千年萬代在同一月光下的永恆運作。月色銀寒，是冷色，易惹悲懷。懷鄉思親，歷來借喻於詩詞之中極多。只要查一查月字部索引，恐難盡數。正因月光年年望相似，人情代代戀相似，故筆下寫之不盡。朋友傳來不同地點所見月，記起可傳給我同賞，寂靜中我忽然想起弘一法師的最後一偈：「君子之交，其淡如水。執象而求，咫尺千里。問余何適，廓爾忘言。華枝春滿，天心月圓。」那是他圓寂前寫給好友夏丏尊及大弟子的遺言。偈不宜解，也不能譯，細讀儲於心中，經歷人世，某日某刻，遂有體悟。

同望月圓，俗世人總感有異。「此生此夜不長好，明月明年何處看」一也，「露從今夜白，月是故鄉明」一也，「孤光又滿，冷落共誰同醉」一也。弘一法師從年輕所作〈驪歌〉：「知交半零落，一觚濁酒盡餘歡，今宵別夢寒」的心境，到晚年的「華枝春滿，天心月圓」，是何等生氣燦然，何等廣廓明亮，何等安靜祥和境界。年年望相似？其實大異。

二〇一三年十月六日

鄉情

長居市區的我，極欠鄉情體驗，感謝自然愛好者小翁帶給我一天美好遊歷，並與豐盛的鄉情相遇。

去過看大埔粉嶺等十年太平清醮，畢竟靠近市區，交通方便，感覺城多於鄉。今回到沙頭角看慶春約七村的太平清醮，水陸間關，才抵荔枝窩，畢竟距離感強，且流連到晚上，跟鄉民近距離接觸，自有不同感受。

乘船過沙頭角海，沿線見許多島嶼，在風平浪靜中，我忽然心生慚愧，幾次老遠跑去日本青森松島，所見也不過如是，原來錯過了貼近的好景致。醮棚設在七村人口最多的荔枝窩——所謂多也只得百多戶。

在協天宮鶴山寺前，神功戲正上演日戲，村民在祭壇前上香合十，看來衣著不太香港樣，小翁說都是從英國歸來的移民鄉里。年輕一代講英語，也講不流利廣東話，細聽他們交談，似非舊識，不過在回鄉之際相見。

一堆中年男子，聊的是童年村事，十分興奮。村屋前放着幾籮筐，堆滿彩釉雞公碗、青花單線菊花碗，我眼前一亮，那才是真貨雞公碗啊，青花碗直似碗窯舊物。原來人丁稀少，擺起祭宴來，還得逐村去借碗。

傍晚祭棚上沒停過誦經法事，旁邊戲棚又響鑼了，有鄉里看戲，有鄉里在祭壇前恭敬唸經焚香，一切無序卻和諧。晚上八時，祭幽化鬼王程序開始。全體男丁合力把幾丈高的紙紮鬼王抬起，走上黑漆小路，搬到村後空地去焚化。人們都摸黑跟着去。幾百人，竟噤聲靜默，看着熊熊火光沖天，彷彿幽靈冉冉隨風離去，那種莊嚴沉靜，城市少見。

乘船回程中，鄉里把握機會仍在暢談，兩個年輕人離船前握手說：「再見。十年後再見。」這就是似淡還濃的鄉情。

二〇一〇年十一月十四日

竹棚的敍述

最近讀到一些民間文化研究書籍，半學術性卻極準確而富趣味，都是由大學研究生寫的，例如莊玉惜的《街邊有檔報紙檔》，謝燕舞、小口、潘詩敏合著的《棚・觀・集——關於竹棚、戲曲及市集文化的探索》，都十分吸引。我說半學術性，毫無貶義，因為極具學術性的大論文，往往只供少數行內人參考，不落平民讀者眼中，對推廣民智並無作用。民間需要多「知」，才不會如何慶基說的：「香港沒文化？不要咁無知啦！」《棚・觀・集》一書，是作者的碩士論文，有學術訓練底功，取材卻來自民間智慧，且能立足本土，再廣採旁枝，視野寬大。我特別喜歡卷一：「竹棚裏的城市」。

每當路經搭棚工程，抬頭看着師傅，凌空起架，矯健身手，上下攀爬，一腿跨竹，雙手結篾，遂成大片竹棚，不禁讚歎不已。不必事先繪圖則，卻度位準確。這種應稱為中國特技工程，好像從來沒有學者為它詳細敍述。前些日子，分別有藝術家、建築師把它帶到外地去展示，提升了竹棚的藝技地位，可是在本地，人總習以為常，不見重視。此書能扼要敍述，輔以實例，並推許竹棚是「香港地道文化的當代符號」，已足為竹棚文化定位了。

竹棚藝技，對建築幫助極大，自不待言，戲棚的神奇，更不容忽視。故此書講及鄉郊市區戲棚，是必然的敍述。我看神功戲，總先欣賞戲棚，又爭取看拆棚。搭棚看得多，但也該看拆棚，其快速，真是另一神技。忽然想起，最近有社區演神功戲，竟棄竹棚，改用金屬管建搭，弄出老倌在鐵管後演戲的尷尬場面。竹棚，應是無可取代的民間藝技。

二〇一〇年十二月十九日

延伸閱讀：小思〈街邊有檔報紙檔〉，見《翠拂行人首——小思集》，中華書局，頁三一三——三一四。

懷人憶舊．處處有情

游欣妮

小思老師的文章取材自平民生活，有豐沛濃厚的生活感。這一輯文章主要圍繞節日文化特色和民生人情，如除夕、年宵、新春、中秋。部分節慶節日如今尚存，然而自老師的文字，我們讀到新舊交織，也讀到今昔對比。其中至為觸動我的，乃從記述家庭習慣中流露的濃厚親情，例如寫到守歲的儀式、老師獲安排負責的「任務」、母親的虔敬、賀年的祝願等，帶出了對老師的影響——「守歲不是迷信，是人對天地、時序變化的一種禮儀。」即使如今她不再做這些禮儀，還是銘記在心，這無疑是一種家族習慣最實在的傳承。

除了謹守傳統習俗禮儀的嚴肅，也道出年節慶賀活潑熱鬧的一面。如老師父親沉迷於春節度歲的活動，積極帶老師逛年宵、看舞獅，甚至要老師學舞獅打鼓，這裏面除了帶出節日的文化意涵，也呈現了父親對老師的影響——「父親教落」，這種親情意味使老師逢年過節逛年宵、去看醒獅趁熱鬧，然後再從個人經驗對比今昔，反映社會文化、人們心態的轉變，流露一種對時移世易、文化變遷的反思，輕滲淡淡的惋惜之情。

試想一下，年青一代可仍謹守傳統禮節，向長輩拜年？又或準備賀年卡為人送上摯誠的祝願？對於這些傳統習俗，我們有何感覺？

質樸自然，篇幅短小卻耐讀，小思老師用平易近人的手法帶大家走進文學，易於牽引讀者深思。從社會民生現象到懷人憶舊，繼而勾起個人經歷，觸發連串思緒，既有寫實之味，也有突破既定思維，如對蛇的重新想像，種種生動活潑的敘述均使文章讀來更添趣味。提筆記下，何嘗不是對生活最具文學意義的回應？

小思老師的文章充滿對人的顧念情懷，從微小的觀察中透現可貴人情，諸如在逛年宵市場時，人與人之間的連繫與互動；寫中秋賞月、月餅、團圓與節日情懷；寫舊區街景風貌，觀察街景日常，店家與顧客的互動洋溢溫暖人情；寫太平清醮、神功戲「撮合」濃厚鄉土情誼；寫中國特技工程——搭棚、拆棚，師傅們流暢的動作活靈活現，充分體現精湛技術和工夫……這一切都使我們對自己所住的城市——香港有更多認識，既了解昔日民生面貌，也加倍注意現今仍保存的獨有的地方文化特色。這些平日出現在我們生活裏的城市風貌，我們可有注意，可曾細心欣賞？於此，又可引起我們有否善用觀察力，聚焦生活的反思。

有時我們會為尋不着寫作題材而苦惱，又為無法在命題寫作中找到新鮮意念，尋着與眾不同的寫作素材而傷腦筋。讀小思老師的文章，正好讓我們學習如何從生活、從熟悉的事物中取材，或深刻鑽研記憶的寶庫，或發掘新鮮的視角切入點，並以親切、自然的筆調描繪城貌街景，將人間濃情娓娓道來，讓我們切實的感受到只要願意，處處即景，人人有情。

游欣妮，畢業於香港浸會大學中國語言文學系。現職中學老師及圖書館主任。喜歡閱讀和創作，作品包括新詩、小説和散文，著有《紅豆湯圓》、《我搣時很煩》、《搣時的餐桌》、《一頁人生》、《另一種圓滿》等多種。